이렇게
재미있는
책이라면

이렇게
재미있는
책이라면

박현희 지음

북하우스

좋은 책을, 찬찬히 읽는다는 것

"글자 그대로 수백 페이지의 거친 강물이 나를 집어삼켰다.
내게 있어서 그건 생각할 수 있는 최고의 책이었다. 그 책을 다 읽고 나니
침범할 수 없는 개인적인 삶도, 세상도 더 이상 이전의 것과 같지 않았다."
—다이 시지에, 『발자크와 바느질하는 중국 소녀』 중에서

이 책은 유혹하기 위한 책입니다.

『데미안』을 처음으로 읽었던 10대의 그 밤을 저는 지금도 기억합니다. 책을 읽느라 온밤을 꼬박 밝혔던 것은 그때가 처음이었습니다. 제 속에서 일렁이는 감정의 격랑을 주체하지 못해서 우왕좌왕했습니다. 창문을 열고 마주쳤던 새벽빛. 그때 제가 『데미안』을 얼마나 정확히 읽었는지, 얼마나 제대로 이해했는지는 하나도 중요하지 않다고 생각합니다. 그 밤, 저는 『데미안』을 읽었고, 새로운 세계를 만났습니다. 『데미안』을 읽었기에, 그 책을 읽기 전의 나와는 다른 내가 되었다는 것을 알았습니다. 이 책은 그런 순간으로 여러분을 유혹하기 위한 책입니다.

『오래된 미래』를 읽은 감동의 여운이 채 가시지 않았을 때입니다. 친구가 말했습니다. "내가 『오래된 미래』라는 책을 읽었는데"로 시작

되는 친구의 이야기를 들으면서 느꼈던 전율은 지금도 생생합니다. 책꽂이에 꽂힌 그 책을 볼 때마다 그 순간이 떠오를 만큼요. 그 친구와 제가 영혼으로 만나던 순간이었다고 생각합니다. 지금도 그 친구와 저는 서로 읽은 책들에 대한 이야기를 나누며 전율합니다. 이 책은 그 행복한 전율의 체험으로 여러분을 유혹하기 위한 책입니다.

최근에는 독서클럽의 벗들과 『모모』를 함께 읽던 시간을 '내 인생의 그 순간' 리스트에 추가했습니다. 지독히도 뜨겁던 여름의 끝자락에서 몸도 마음도 지쳐가던 때였습니다. 그래도 우리는 책 이야기를 하기 위해 독서클럽에 모였었죠. 그 책에서 다른 벗들과 함께 나누고 싶은 장면들을 골라 교대로 소리 내어 읽었습니다. 그때 우리는 '지금, 여기'를 떠나 모모의 시간, 모모의 장소로 순간이동했습니다. 모모를 만나고, 이윽고 내가 모모가 되는 순간이었습니다. 이 책은 그런 마법의 순간으로 여러분을 유혹하기 위한 책입니다.

순식간에 책장이 넘어가고 시간이 훌쩍 흘러가버리는 경험, 이전의 나와는 다른 내가 되는 경험, 다른 사람과 영혼이 공명함을 느끼는 경험, 책 속의 세계로 빠져들어 내가 책의 일부가 되어버리는 경험…. 책은 그런 경험을 우리에게 줍니다. 한번 그런 경험을 한 사람은 다시는 책으로부터 벗어날 수 없습니다. 책의 유혹에 완전히 굴복해버리는 거죠. 그런데 어떤 책이 내게 그런 마법의 순간을 경험하게 해줄 것인지는 아무도 모릅니다. 무작정 많은 책을 읽는다고 유혹의 순간을 경험할 확률이 높아지는 것도 아닙니다. 다만 좋은 책을 찬찬히 읽어갈 뿐입니다.

다시 말하지만 이 책은 유혹하기 위한 책입니다.

유혹에 성공하기 위해 신중하게 여덟 권의 책을 골랐습니다. 쉽게 뚝딱 읽을 수 있지만, 배경을 알고 나면 더 재미있게 빠져들게 되는 책, 다른 책도 연달아 읽고 싶어지는 책을 골랐습니다. 벼랑을 기어올라 가듯 힘겹게 읽어야 하지만 일단 읽고 나면 나의 세계가 확장되고 이전의 나와는 다른 내가 될 수 있는 책도 골랐습니다. 무지하게 두껍고 어려운 책으로 보이지만 일단 읽기 시작하면 술술 읽혀서 '내가 이렇게나 책을 잘 읽을 수 있다니' 하며 자신감을 높여줄 책도 골랐습니다.

그리고 다양하게 읽는 법을 보여주고자 했습니다. 어떤 책은 그 책이 쓰여진 시대를 생각하면서 읽고, 어떤 책은 작가의 삶의 여정을 생각하면서 읽었습니다. 책 속의 숨겨진 구조를 찾아가며 읽은 책도 있고, 흥미로운 에피소드를 좇아가는 가운데 작가의 메시지를 찾아내며 읽은 책도 있습니다.

『화씨 451』이라는 소설이 있습니다. 이 책에서 그리고 있는 세계는 책을 금지하는 가까운 미래입니다. 일체의 독서는 금지되어 있습니다. 책이 발견되면 지체 없이 방화수가 달려가서 불태웁니다. '책을 읽지 않아도 된다니 만세로다' 하고 생각하는 사람도 더러 있을 거예요. 압니다. 책 읽기의 고통이 크다는 것을요. 특히 강요된 책 읽기의 고통은 이루 말할 수가 없죠. 읽기 싫은데 읽어야 하는 상황, 읽고 싶은 책을 덮고 읽고 싶지 않은 책을 읽어야 하는 상황, 이 모든 상황이 고통이죠. 좋아서 책을 읽을 때도 고통이 없는 것은 아님니다. 견고했던 나의 세상이 무너지는 고통을 경험하기도 하고, 주인공의 고통이 나의 고통으로 변하며 가슴을 쥐어짜는 것 같은 통증을 느끼기도 합니다. 때로는 머리도 아프고, 눈도 아프고, 어깨도 아픕니다.

정말로 세상에서 책이 없어진다면? 그리하여 앞에서 말했던 그 황홀한 순간들이 내 인생에서 모두 삭제되어버린다면? 그렇게 남은 나를 정말 나 자신이라 할 수 있을까요? 『화씨 451』은 물질을 숭배하느라 정신이 피폐해진 현대 사회를 질타하고 그 위험을 경고하기 위한 책입니다. 그런데 정말 무서운 일은 구태여 방화수가 달려가 책을 불태우지 않아도, 법으로 책 읽기를 금지하지 않아도, 대다수의 사람들이 책을 읽지 않는 시대가 이미 도래했다는 사실입니다. 정말 좋은 책들이 독자를 찾지 못해 초판을 끝으로 절판되어버리니 번거롭게 책을 불태울 필요조차 없어진 것이죠.

하지만 적어도 우리는 책을 읽어야겠다는 생각을 하고 있습니다. 책을 잘 읽지는 않아도, 읽으려고 해도 어떻게 읽어야 할지 몰라서 선뜻 시작하지는 못하지만, 책을 읽어야겠다고 생각하는 사람들이 많이 있어요. 해가 바뀔 때마다 새해 결심으로 '올해는 책을 열 권 읽겠다'와 같은 것을 적는 사람들이 여전히 많이 있습니다. 참 다행스러운 일입니다.

아무도 책을 읽지 않는 것 같아 보이는 세상에서 그래도 당신은 이 책을 펼쳤습니다. 아마도 책 읽기에 도움이 되겠다는 생각으로 책에 대한 책을 찾은 거겠죠. 어떻게든 길을 찾아보려고 이 책을 찾앗겠죠. 그런 당신이 희망입니다.

　제가 만약 인류를 구하는 영웅의 이야기를 담은 공상 과학 소설을 쓴다면, 주인공은 초능력을 가진 슈퍼맨도 아니고, 첨단 무기를 갖춘 아이언맨도 아닐 거라고 생각합니다. 저라면 책을 읽는 이를 주인공으로 삼겠습니다. 세상이 정해준 대로, 텔레비전과 SNS가 보여주는 대로, 뻔하디 뻔한 삶을 사는 것을 거부하고 주체적으로 생각하는 사람들이 인류의 미래를 구할 주인공입니다.

　신중하게 고른 이 여덟 권의 목록으로 여러분을 유혹하려 합니다. 이렇게 재미있는 책이라면, 유혹에 무릎 꿇는 것도 당연한 일일 것입니다. 이 책은 유혹하기 위한 책입니다. 기꺼이 유혹당하기 위해 이 책을 펼쳐든 당신, 고맙습니다.

1강

우리는 모두
위대한 여행자

『오이디푸스 왕』

소포클레스 지음, 강대진 옮김, 민음사

배경을 이해하며 책 읽기

독서 유발 인문학 강독회를 찾아주신 여러분들을 환영합니다. 책에 대한 이야기를 나누는 이 강의를 계획하면서 제가 기대했던 것이 무엇인지 아세요? 혼자 읽을 때는 글자를 좇아가느라고 잘 발견하지 못했던 것들을 찾도록 도움을 주고 싶었어요. 예를 들면 선생님은 책 속에서 이런 걸 발견한다는, 말하자면 선생님의 독서 사례를 얘기해주는 거예요. 여러분은 또 여러분의 책을 읽으면서 여러분만의 무언가를 발견하게 되겠죠. 그게 똑같지는 않을 거예요. 우리는 살아온 인생도 다르고, 생각하는 것도 다르고, 서로 다른 사람이니까. 똑같은 걸 발견하려고 책을 읽는다면, 텔레비전에서 〈꽃보다 할배〉를 보고, 할배들 여행간 데 그대로 찾아가서 똑같이 사진 찍고 오는 거랑 하나도 다르지 않을 거예요. 나만의 여행을 찾아내는 데 진정한 여행의 의미가 있듯이 책을 읽는 것도 마찬가지입니다.

이 강의가 '독서 유발 인문학 강독회'라는 제목을 단 만큼, 그 제목에 부끄럽지 않을 만한 책들을 고르기 위해 오랜 시간을 고심했습니다. 서가를 뒤지고 또 뒤지면서, 저의 초대에 응해준 여러분들이 후회하지 않을 만한 책들을 고르려고 노력했습니다. 그 중에서도 이 첫 번째 책은 가장 고심해서 골랐습니다. 첫 만남에 성공해야 다음 만남이 성사될 수 있을 테니까요. 그래서 선택했습니다. 바로 『오이디푸스 왕』입니다.

오늘 읽을 『오이디푸스 왕』은 아주 짧은 이야기입니다. 이 짧은 이야기를 통해서 배경을 이해하고 책을 읽는다는 게 어떤 건지, 그리고 평면적으로 보이는 것 속에서 나름 이것을 꿰는 구조를 찾아내는 방법은 무엇인지 함께 찾아봅시다.

누구나 다 아는 이야기를 더 재미있는 이야기로 만들려면?

『오이디푸스 왕』의 저자는 소포클레스입니다. 소포클레스는 아테네 사람으로, 그리스의 유명한 3대 비극작가 중 한 사람입니다. 대표작으로는 『안티고네』, 『엘렉트라』, 『오이디푸스 왕』이 있어요. 다 어디선가 들어본 듯하지 않나요? 너무너무 유명한 작품들이죠. 그리스에서는 계속해서 연극이 상연됐었나 봅니다. 시민들이 모여서 민회만 한 게 아니라, 연극을 상연하고 함께 즐겼다고 해요. 소포클레스는 전형적인 비극작가였어요. 비극이라고 하는 것은 그냥 결말이 슬픈 게 아니라, 인간은 태생적으로 어떤 노력을 하든지 간에 예정된 비극적인 운명, 파국적인 종말을 향해서 달려간다는 거예요. 마치 이 끝이 낭떠러지라 내가 죽을 걸 알면서도 차를 몰아서 끝까지 달려가는 것 같은 느낌? 그러니까 주인공들이 뭔가를 잘못했거나 악당이 있거나 그래서가 아니라 그냥 운명적으로 그렇게 되는…. 이런 것을 두고 비극이라고 하는 겁니다. 단순히 슬픈 이야기라서 비극인 게 아니고요.

소포클레스가 태어난 연도를 보니 어마어마합니다. 무려 기원전 5세기 사람입니다. 그러니까 여러분은 지금으로부터 2,500년 전에 쓰여진 희곡을 읽고 있는 거예요. 정말 대단하지 않아요? 2,500년 전에 아테네에서 쓰여진 희곡이 한국의 대학로에서 지금도 상연되고 있어요.

『오이디푸스 왕』은 소포클레스를 굉장히 유명하게 해준 작품입니다. 매년 그리스에서는 비극 경연대회를 열었는데 그 경연대회에서 수상한 작품이었어요. 우리로 치면 〈나는 가수다〉의 왕이 된, 그 정도 되는 거죠. 당시 2위를 차지했다고 하니까 진짜 '왕'은 아니었지만. 원래 쟁쟁한 사람들 중에서도 더욱 쟁쟁한 사람이 소포클레스였던 거죠.

'오이디푸스 콤플렉스'라는 말 들어봤죠? 오이디푸스 콤플렉스는 아들이 어머니를 좋아하고 아버지와 적대적인 관계라는 것을 뜻하죠. 오늘 강의를 마칠 때쯤이면 왜 그런 콤플렉스에 오이디푸스라는 이름이 붙었는지 이해하게 될 거예요. 이 말은 프로이트가 만들어낸 용어입니다. 이런 이름을 지었다는 건 무슨 의미일까요? 예를 들면, '신데렐라 증후군', '피터팬 증후군' 이런 게 나오는 건 신데렐라나 피터팬이 그만큼 유명하기 때문이겠죠? 그렇게 말하면 다 아니까. 『오이디푸스 왕』도 그 정도로 유명한 이야기라는 거예요. 어떤 현상을 설명할 때 이름을 갖다 붙일 만큼.

그런데 문제는 2,500년 전에 소포클레스가 이 희곡을 쓸 때도 오이디푸스는 이미 유명한 이야기였다는 겁니다. 소포클레스가 만들어낸 이야기가 아니라 이미 있는 이야기입니다. 그리스 로마 신화에 이미 나와요. 그러니까 우리로 치면 모두 다 아는 단군신화, 콩쥐팥쥐, 심청전, 춘향전 같은 거예요. 소포클레스는 과감하게 전 그리스인이 다 아는 이야기를 가지고 비극 경연대회에 나간 거죠.

조용필 노래를 가지고 〈나는 가수다〉에 나가려면 굉장히 힘들어요. 조용필보다 잘 부르는 건 너무 어려운 일이잖아요. 괜히 '가왕'이겠어요? 그런데도 조용필 노래에 도전하는 사람은 어떤 사람일까요? 내가 정말 한 시대를 풍미할 만큼의 가창력과 편곡능력이 있다고 생각하는 사람이죠. 도전 수준이 높습니다. 소포클레스도 그런 거예요. 모르는 사람이 없는 이야기를 소재로 사람들의 심금을 울리는 비극으로 만들기 위해 소포클레스는 2,500년 전 작품이라고는 믿을 수 없을 만큼 아주 정교하게 재구성을 합니다.

오이디푸스 왕이 던지는 세 가지 질문

『오이디푸스 왕』은 세 가지 질문으로 구성되어 있어요. '왜 이런 일이 생겼을까?', '범인은 누구인가?', '나는 누구인가?'. 주인공 오이디푸스가 자문하고 세상 사람들한테 묻는 질문입니다. 현재 여기 생긴 질문, 여기 생긴 문제, 이 문제를 해결하기 위해서 의문을 갖는 거예요. '왜 이런 일이 생겼을까?' 이 문제의 원인을 탐구하다가 인간 궁극의 문제인 '나는 누구인가?'의 문제에 다다르면서 정말 끔찍한 진실을 마주하게 되는 거죠. 그래서 비극입니다.

오이디푸스는 달리는 주인공입니다. 망설임이 없어요. 쉬지 않고 질주하듯이 내달렸기 때문에 이 희곡은 딱 하루 만에 이루어진 이야기를 다루고 있어요. 나라 안에서 가장 행복하고, 권세 있고, 부유하고, 아름다운 아내와 자식들을 두고, 그리고 백성들의 신망을 받는 똑똑하고 민첩하고 용감한 왕이 오이디푸스였어요. 그런데 오이디푸스가 '나는 누구인가?'라는 질문을 설정하고 그 답에 직면하면서 생의 나락으로 곤두박질치게 됩니다. 수십 년에 걸쳐서 이루어진 일을 하루에 압축해놓으니 극의 전개속도는 빨라지고 사람들을 극 속에 몰입하게 하는 효과를 거두었습니다. 극이 진행될수록, 극의 긴장이 고조될수록, 점점 더 나에게 직접적이고 더 중요한 질문들이 등장하게 됩니다.

소포클레스는 바로 테베가 전염병으로 죽어가고 있다는 사실로부터 이야기를 시작합니다.

당신께서 직접 보시다시피 도시가 지금 너무나 요동치고, 이제 심연으로부터, 피의 파도로부터 머리를 치켜들 수 없기 때문입니다.

도시는 죽어 가고 있습니다. 땅의 열매를 담은 이삭들도 그렇고, 풀 뜯는 소의 무리도 그러하며, 여인들은 아이를 낳지 못하고 있습니다. 거기에 불을 가져오는 신이, 더할 수 없이 적대적인 질병의 소용돌이 속으로 도시를 몰아가고, 카드모스의 집은 전염병으로 비어 가고, 검은 하데스는 신음과 애곡으로 번영을 누리고 있습니다.

하데스는 저승을 다스리는 신입니다. 여기서는 저승 그 자체를 뜻하는 말로 쓰였네요. "검은 하데스가 신음과 애곡으로 번영을 누린다"는 것은 저승이 신음과 서러운 울음으로 가득찼다는 말이죠.

소포클레스는 오이디푸스가 어떻게 태어나서 어떤 경로로 테베로 오게 되었는지 구구절절 설명하지 않아요. 이미 오이디푸스는 테베의 왕이고, 테베는 지금 위기에 놓여 있는 상황에서 출발하죠. 테베는 바로 이 『오이디푸스 왕』의 무대가 되는 곳이자, 오이디푸스 왕이 다스리는 도시 국가입니다. 여기서 몇 개의 도시 국가가 등장하는데, 왕이라고 해서 조선의 왕 같은 그런 왕을 생각하면 안 돼요. 그리스는 산과 산 사이에 조그만 도시 국가들이 형성되어 있었고, 테베는 아테네, 스파르타와 같은 도시 국가였어요.

앞서 본 글에서 보는 것처럼 테베에 전염병이 덮쳐서 사람들이 죽어가고 있었습니다. 도시는 불안에 떨고 있죠. 옛날 사람들 입장에서 보면 원인도 모르게 갑자기 들이닥쳐서 목숨을 빼앗아가는 전염병은 신의 저주라고밖에는 생각할 수가 없었을 거예요. 의학이 발달한 지금도 사스, 메르스, 지카바이러스, 이렇게 전염병이 돌기 시작하면 모두들 두려워하는데, 하물며 그 옛날에야 말할 것도 없었겠죠.

테베에 전염병이 돌기 시작하자 여기서 이 희곡을 관통하는 첫 번째 질문이 제기됩니다. '왜 이런 일이 생겼을까? 신의 저주인가?' 그래서 신탁을 받으러 사람들을 보내요. 신탁이란 건 뭔가 궁금한 게 있을 때, 도시가 위기에 처해 있을 때 신에게 답을 물어보는 거예요. 신탁이라는 이름이 붙어 있진 않지만 우리나라도 무슨 일이 있으면 조상님께 물어보기도 하고 점을 치기도 하고 이런 방법으로 해결을 했었죠.

제일 유명한 신탁이 '소크라테스의 신탁'입니다. 소크라테스는 델포이의 신탁에서 "네가 가장 지혜로운 사람이다"라는 신탁을 받았다고 하죠. 자기가 지혜로운 사람이 아닌데 지혜롭다고 하니, 자신이 지혜롭지 않다는 걸 증명하러 온 거리를 다니다 보니 지혜로운 사람이라는 것을 증명하게 되었다는 이야기를 들어본 적 있을 거예요. 좀 복잡하죠?(웃음)

『오이디푸스 왕』에서는 세 개의 질문을 풀 세 개의 신탁이 등장합니다. 지금 말하는 것은 첫 번째 신탁이에요. 신에게 물어보라고 크레온과 테이레시아스를 함께 보냈어요. 크레온은 오이디푸스의 처남, 그러니까 부인인 이오카스테의 오빠이고, 테이레시아스는 유명한 예언자예요. 이야기는 신탁을 받으러 갔던 크레온이 돌아오면서 본격적으로 시작됩니다. 크레온이 말하길, 신께서 "살인자를 찾아서 벌주라" 했대요. 선왕의 살인자를 찾아야 한다는 거예요.

선왕이라면 오이디푸스의 아버지일까요? 오이디푸스는 테베의 왕자로 태어나 테베의 왕이 된 사람이 아니에요. 오이디푸스는 코린토스의 왕자였고, 테베 입장에서 보면 외국에서 온 이방인이었어요. 코린토스 하면 굉장히 낯선 지명 같지만 성경 중에 고린도 전서, 고린도 후서라고 있죠? 고린도서란 고린도에서 보낸 편지라는 뜻입니다. 코린토스에서 보낸 편지가 번역되는 과정에서 고린도서가 된 거예요. 테베의 라이오스 왕이 죽어서 왕좌가 비었을 때 코린토스에서 온 오이디푸스가 왕으로 추대된 것입니다.

그렇다면 선왕 라이오스는 어떻게 죽었을까요? 신탁이 필요해서 델포이로 떠났다가 돌아오지 않았다고 합니다. 증언에 따르면 도둑떼들의 습격을 당해 죽었대요. 함께 떠났던 사람들이 다 죽고 단 한 명만 살아서 도망쳐왔는데, 그 사람은 그 후 시골에서 살고 있다는 이야기를 했어요. 아니 그런데 왕이 죽었는데 범인을 아직도 안 잡았다는 게 말이 돼요? 이상하잖아요.

오이디푸스는 이미 한 번 테베를 구한 적이 있어요. 앵그르의 그림에서 젊고 잘생긴 젊은이가 오이디푸스입니다. 오이디푸스와 마주보고 있는 이상한 생명체가 스핑크스예요. 스핑크스는 지나가는 사람에게 "아침엔 네 발, 점심엔 두 발, 저녁엔 세 발로 걷는 것은?"이라는 수수께끼를 내고 그 수수께끼를 맞히지 못하면 죽여버렸어요. 라이오스가 죽은 바로 그 시점에 이 스핑크스가 등장해서 테베는

사람의 얼굴에 사자의 몸, 독수리의 날개, 뱀의 꼬리를 지닌 스핑크스는
테베로 들어가는 길목에 자리 잡고 있다가 지나가는 사람을 잡아먹었다.
아무도 풀지 못했던 수수께끼를 오이디푸스가 알아맞히자 벼랑에 몸을 던졌다.

앵그르의 〈오이디푸스와 스핑크스〉, 캔버스에 유채, 1808년, 루브르 박물관 소장

선왕의 살인자를 쫓을 경황이 없었던 거예요. 스핑크스가 계속 사람들을 죽이고 있으니 그 문제를 해결하느라 정신이 없었죠.

왕이 죽고 없는 자리에 스핑크스까지 나타나 사람들을 공포에 몰아넣으니, 크레온이 이렇게 선포했어요. 누구든 스핑크스의 마수에서 테베를 구하는 자에게 왕의 자리도 주고 내 동생 이오카스테와 결혼도 시키겠다고 말이죠. 그런데 오이디푸스가 수수께끼를 풀었잖아요. 그래서 오이디푸스는 테베 사람이 아닌데도 테베의 왕이된 거예요. 선왕 라이오스의 아내 이오카스테와 결혼을 하고.

여러분들은 이게 너무 이상하게 들릴지 모르지만 여러 지역에서 형사취수兄死娶嫂의 전통은 계속 있어왔어요. 재산의 분할이나 권력의 분할을 막기 위해서 아들 형제가 여럿이 있을 때 형이 죽으면 형의 부인과 동생이 결혼을 해서 권력이나 재산이 분산되는 것을 막는 거죠. 아직까지도 이런 전통이 남아 있는 지역은 재산이 너무 적어서 쪼갤 수 없는 지역, 그러니까 자연환경이 척박한 지역입니다. 우리는 그것을 이상하게 생각할지 모르지만 그 사람들 입장에서 보면 '평생 한 남자, 한 여자하고 같이 사는 저 나라 사람들은 왜 저러나' 하고 생각할 수도 있어요.

이렇게 오이디푸스는 이미 한 번 테베를 구하고 테베의 왕이 되었어요. 테베의 영웅이죠. 게다가 스핑크스를 물리친 경력에서 눈치챌 수 있듯이 오이디푸스는 굉장히 똑똑해요. 이렇게 똑똑한 오이디푸스가 이제 도대체 누가 범인인지 잡아내기로 결심을 합니다.

그러니 그대들은 나 또한 정당하게, 동맹자로서, 신과 더불어, 이 땅을 위해 복수해 주는 것을 보게 될 것이오.

나는 먼 친척을 위해서가 아니라, 이것을 나 자신과 관계있는 오염으로 여기고서 흩어버릴 것이니 말이오.

반드시 왕을 죽인 살인자를 잡아서 선왕의 원수도 갚고, 테베를 전염병의 위협으로부터, 신의 노여움으로부터 구하겠다고 결심하고 수사를 시작합니다.

누구냐, 범인은?

여기서 이제 오이디푸스가 두 번째 질문을 합니다. '그렇다면 범인은 누구냐?' 추리소설을 연구하는 사람들은 『오이디푸스 왕』이 추리소설의 기원이라고 얘기해요. 처음부터 끝까지 결국은 살인자가 누군지를 쫓는, 오래전에 일어난 살인사건의 범인을 쫓기 위해서 오이디푸스가 계속해서 상대를 바꿔가며 대화를 하면서 사건의 진실에 접근해가는 이야기거든요.

이제 오이디푸스가 범인을 찾는 과정을 좇아가보겠습니다. 오이디푸스는 명령을 내립니다. 범인을 잡아라, 그를 숨겨주는 자가 있다면 용서하지 않겠다. 지금 테베는 위기에 빠져 있고 살인자를 반드시 잡아야 되니 시민 여러분은 모두 협조하라!

맨 처음에 오이디푸스는 생각해요. 선왕을 죽였다는 것은 정치적 음모가 아닐까? 그렇다면 여러 가지 정황상 가장 수상한 건 크레온이죠. 크레온을 심문하는데 그가 이런 얘길 해요. 나는 어차피왕비의 오빠로서 그대와 동등한 지위를 누리는데 내가 뭐가 아쉬워서? 어차피 달라질 게 없는데 내가 뭣 하러 위험을 무릅쓰고 라이오스 왕을 죽이겠냐고 말이죠.

들어보니 그럴 듯하죠. 크레온에게는 살인 동기가 없습니다. 그러자 이번엔 테이레시아스를 의심합니다. 테이레시아스는 신화세계의 유명한 예언자예요. 테이레시아스에게는 아주 중요한 특징이 하나 있는데, 눈이 안 보여요. 신의 비밀을 몰래 훔쳐보았기 때문에 그 벌로 눈이 멀게 된 겁니다. 눈이 먼 테이레시아스를 불쌍하게 여긴 제우스가 미래를 보는 예지의 눈을 줬다고 해요.

테이레시아스가 눈이 멀었다는 건 굉장히 중요한 상징적 의미를 가지는데요, 다시 이야기가 나오겠지만 오이디푸스도 나중에 눈이 멀거든요. 모든 걸 알고 있는 테이레시아스는 앞이 안 보이고, 오이디푸스도 모든 걸 알게 되자 앞이 안 보이게 되는 거예요. 그 이중 구조가 어떻게 되는지 궁금증을 가지고 계속 가봅시다. 그런 걸 계속 생각하고 있어야 희곡 읽기가 재밌어요.

왜 하필 보이지 않는 테이레시아스가 모든 것을 알고 있는 예지의 능력을 가지게 되었을까? 저는 '결핍의 결핍으로부터 완전해지기'라고 생각해요. 부족한 게 아무것도 없는 인간은 결핍이 결핍되어 있는 거예요. 뭔가 부족해야 완전한 거죠. 옛날 사람들은 이런 믿음이 굉장히 강했기 때문에 페르시아에서는 양탄자를 짤 때 일부러 실수를 했대요. 100퍼센트 완벽하게 하는 건 신의 영역이기 때문에 신의 노여움을 살 수 있다는 겁니다. 인간은 뭔가 부족해야 한다는 거죠.

마음에 들어요? 그러고 보니 나의 부족한 면도 내가 완전해지기 위해서 꼭 필요한 거네요. 모든 걸 다 갖추고 있다면 인생이 굉장히 권태로울 거 같지 않아요? 엄마한테 나의 '결핍된' 성적표를 보여드릴 때 이렇게 얘기하면 되겠네요. "엄마, 예언자 테이레시아스도 결핍된 존재이기 때문에 위대한 거예요."(웃음)

테이레시아스는 예언자니까 이미 모든 걸 알고 있었는데 그동안 침묵을 지키고 있었어요. 그런데 오이디푸스가 자기를 의심하니까 열 받아서 사건의 진상을 폭로하죠.

내 그대에게 이르노니, 그대가 진작부터 라이오스의 살해자라 선언하고 위협하며 찾는 그 사람이 바로 여기에 있소.

그는 명목상으로는 이방 출신의 거주자이지만, 나중에는 태생부터 테베 사람임이 드러날 테고, 그 행운에 즐거워하지 않을 것이오. 그는 눈 뜬 자에서 장님이 되고, 부자에서 거지가 되어 이국 땅을 향해 지팡이로 앞을 더듬으며 가게 될 것이오.

또 그는 자기 자식들의 형제이자 아버지로서 함께 살고 있으며, 자신을 낳은 여인의 아들이자 남편이고, 자기 아버지와 함께 씨 뿌린 자이자 그의 살해자임이 드러날 것이오.

"명목상으로는 이방 출신의 거주자"라니, 이상하죠? 오이디푸스는 원래 이방인이잖아요. 코린토스에서 왔다고 했죠. "넌 원래 코린토스의 왕자도 아니야. 원래 테베 사람이야." 이 말이 오이디푸스의 가슴을 찢어요. 왜냐하면 오이디푸스가 테베까지 떠돌면서 오게 된 것도 바로 아버지의 아들임을 의심받았기 때문이거든요. 술자리에서 들은 말, "니네 아버지가 친아버지도 아니잖아", 이 말에 충격받아서 집을 박차고 나왔던 과거가 있거든요.

오이디푸스가 공포와 불안과 분노에 휩싸이자 아내가 위로를 해줘요. "필멸의 인간은 그 누구도 미래사를 예언할 수 없어요. 신탁은 염려 마세요. 원래 신탁은 틀리기 마련이죠." 이오카스테는 오이디푸스를 위로하기 위해 신탁이 틀렸다는 사례를 들려줍니다. 라이오스는 과거에 '아들의 손에 죽을 운명'이라는 신탁을 받았대요. 운명을 피하기 위해 라이오스는 아들의 두 발목을 꿰어서 숲에 내다버려 죽게 했어요. 왜 발목을 꿰었나 하면 옛날에 그리스 사람들은 죽었을 때의 상태가 사후에도 쭉 계속된다고 믿었습니다. 그러니까 아들이 죽어서라도 복수하러 오지 못하도록 다리를 다치게 해서 버린 거죠.

그러니 아폴론은, 그 아이가 아버지를 살해하도록 만들지도 못했고, 라이오스로 하여금 그가 두려워했던 무서운 일을 당하여, 아이 손에 죽게 하지도 못한 것입니다. 예언의 말씀은 이런 식인 거죠. 이들 중 어떤 것도 당신은 무서워하지 마세요. 왜냐하면 신이 뭔가 필요하다 여기시면,

테이레시아스는 라이오스를 죽인 건 오이디푸스이고, 오이디푸스가 죽이고서 딴소리하는 거라고 주장했어요. 오이디푸스는 기억을 더듬기 시작합니다. 왜냐하면 찔리는 일이 있거든요.

알고 보니 오이디푸스도 신탁을 받았어요. 오이디푸스가 받은 신탁을 볼까요? 아버지를 죽이고 어머니와 결혼할 운명이래요. 이 신탁을 받자 바로 그 순간 뒤도 돌아보지 않고 코린토스를 떠난 겁니다. 가급적 자기가 떠날 수 있는 최대한 멀리, 엄청난 속도로 도망쳤어요. 운명으로부터 도망친 거죠. 그러면서 스핑크스의 수수께끼를 풀고 테베의 왕이 된 건데, 그 전에 삼거리에서 어떤 노인 일행이랑 시비가 붙어서 노인을 때려죽인 사건이 있었어요.

여기서도 오이디푸스의 성격이 드러나는데요, 시비가 붙자 바로 죽여요. 오이디푸스는 햄릿과 달라요. 햄릿은 계속 고민하죠? 오이디푸스는 계속 행동합니다. 오이디푸스의 의혹이 깊어집니다. 범인이 아무래도 자기가 맞는 것 같았거든요.

나는 누구인가?

그러면서 '나는 누구냐?'라는 의문으로 넘어갑니다. 여러 증언들을 통해 밝혀지는 출생의 비밀은 무엇이었을까요? 오이디푸스가 증인들을 불러서 하나하나 물어보기 시작할 때, 코린토스의 왕이 죽었다는 전갈을 받게 됩니다. '어? 그럼 나는 이제 신탁으로부터 자유로워지는 건가?' 생각하죠. 그런데 알고 보니 그 코린토스의 왕이 자기 아버지가 아니래요. 정말 주워다 키운 아들이 맞았던 거죠. '그럼 나를 버린 사람은 누굴까?' 바로 라이오스! 아버지를 죽이고 어머니와 결혼할 것이라는 신탁이 그대로 들어맞은 거죠.

오이디푸스는 정말 마주하고 싶지 않은 자신의 본질에 직면하게 됩니다. 요즘 아침 드라마 보고 막장이라고 하지만 이만한 게 없죠. 막장의 원조입니다. 오이디푸스가 진상을 알아채기 전에 이오카스테는 사태의 전말을 더 빨리 깨닫고 자살해요. 자기 아들이자 남편의 살해범과 결혼하여 아이까지 낳은 것을 알았으니까요. 오이디푸스는 죽어 쓰러져 있는 이오카스테의 가슴에 있던 황금 브로치를 꺼내서 자기 눈을 찔러요. 그리고 길을 떠납니다.

아아, 아아, 모든 것이 이뤄질 수밖에 없었구나, 명백하게!

오, 빛이여, 이제 내가 너를 보는 게 마지막이 되기를!

태어나서는 안 될 사람들에게서 태어나서, 어울려서는 안 될 사람들과 어울렸고, 죽여서는 안 될 사람들을 죽인 자라는 게 드러났으니!

운명을 피해서 전속력으로 달아났는데, 사실은 운명을 향해서 전속력으로 다가간 것이었죠. 자신의 운명에 대해 깨닫게 된 오이디푸스는 다시 길을 떠납니다.

길을 떠난다는 건 무슨 의미였을까요? 교통수단이 발달하지 않았고 자기네 집을 떠나서 생활할 일이 거의 없었던 이 시절에 길을 떠난다는 것은 굉장히 획기적인 사건이었어요. 특히 이 당시에 여자, 노예, 외국인에게는 참정권을 주지 않았던 그리스의 민주정치를 보면 외국인은 사람이 아니에요. 어디에도 속하지 않는 존재, 무권리 상태가 된다는 거예요. 무국적 상태라는 건 국가권력이 나를 보호해주지 않는다는 뜻입니다. 이방인이 되어 떠나는 오이디푸스도 그래요. 아무도 나를 보호해주지 않고 나에겐 아무 권리도 없는, 가장 비참한 존재가 되어서 떠나는 거예요. 눈이 먼 오이디푸스가 방랑의 길을 떠나 향한 곳은 아테네였습니다.

왜 아테네 작가가 테베의 이야기를 했을까?

아테네의 비극작가인 소포클레스가 이 작품을 쓴 이유는 바로 오이디푸스가 아테네를 향했기 때문이었어요. 그래서 『오이디푸스 왕』이 아테네의 이야기가 된 거죠.

코린토스에서 테베로 갈 때 오이디푸스는 운명을 피하기 위해서 무작정 달아나려고 했어요. 이때만 해도 그는 자신의 운명, 생의 진실에 대해서 아무것도 모르는 무지의 상태였습니다. 모든 것을 이루었으나 한순간에 다 잃어버린 테베에서 아테네로 갈 때는 운명을 받아들이기 위해 떠난 거예요. 내게 주어진 운명이 무엇인지 알고 갔어요. 그리고 생의 진실을 알아버렸죠.

그런데 이 두 번의 여정 말고도 숨겨진 여정이 또 하나 있습니다. 사실 오이디푸스는 자기 힘에 의해선 아니지만 테베에서 코린토스로 갔던 적이 있었죠. 나중에 드러나는 진실인데, 라이오스 왕이 아기였던 오이디푸스를 산에 내다 버렸을 때 양치기가 그를 주워 코린토스의 왕에게 전한 일이 있었어요. 그러니까 오이디푸스는 테베에서 코린토스로, 코린토스에서 테베로, 테베에서 아테네로 이동한 것인데, 그 당시만 해도 이건 엄청난 여정이었던 거예요.

소포클레스는 나중에 『콜로노스의 오이디푸스』라는 작품을 쓰는데, 이 이야기는 『오이디푸스 왕』의 후편이죠. 그 작품에 이 이야기가 나옵니다. 모든 도시 국가들이 오이디푸스를 받아주지 않았는데 오직 아테네만 오이디푸스를 품어줬죠. 오염되고 추방받고 아무것도 아닌 존재까지 품어주는 포용적인 도시. 그런 정신을 가진 도시가 아테네라는 거죠. 그러므로 이것은 엄청난 비극이면서 아테네의 위대함을 찬양하는 아테네 찬가이기도 한 거예요. 그래서 아테네 사람들이 이 이야기를 그토록 사랑한 게 아닐까요? 그러니까 이미 아테네 사람들은 오이디푸스의 이야기를 사랑할 준비가 되어 있었던 거죠.

2,500년 전에 이미 아테네 사람들은 인간이 인간이기 때문에 상대를 포용해야 한다는 사실을 공통의 정서로 가지고 있었어요. 아테네의 민주주의가 위대하다고 한다면 그들이 민회에서 투표를 했기 때문이 아니라, 바로 이 정신이 있었기 때문입니다. 인권의식은

델포이
테베

코린토스
아테네

스파르타

크레타

오이디푸스의 여정. 오이디푸스는 테베에서 코린토스로,
코린토스에서 테베로, 테베에서 아테네로 여행을 떠났다. 그가 얼마나
행동하는 캐릭터였는지 그의 여정이 말해주고 있다.

다른 사람의 입장이 되어볼 수 있는 것에서 출발해요. 고문당하는 사람의 고통에 공감하기 때문에 고문에 반대하죠. 사생활 침해를 하지 말아야 된다고 얘기할 때는 침해당하는 사람의 고통을 깊숙이 공감할 수 있기 때문이에요.

2,500년 전에 이 이야기가 공감을 얻어서 인기리에 상연됐다는 건 이게 아테네 사람들의 보편 정서였다는 거예요. 영웅이라면 모름지기, 칼싸움도 잘하고, 활도 잘 쏘고, 괴물에 맞서 싸우고, 어려운 과제도 해결해야 하지만 진짜는 포용 능력입니다. 아테네 사람들은 그렇게 믿었어요.

> 나는 지금 그대 같은 이방인이라면 누구에게서도 돌아서거나 보호해주기를 거절하지 않을 것이오. 나는 내가 한낱 인간임을, 그리고 내일이면 나에게 그대보다 더 큰 몫이 주어지지 않을 것임을 알고 있기 때문이오.

『콜로노스의 오이디푸스』에서 아테네의 영웅이자 위대한 왕이었던 테세우스가 한 말입니다. 아무도 보호해주지 않았던 오이디푸스를 아테네에서 받아들이는 거예요. 아테네 사람들이 이 이야기를 좋아할 만하겠죠? 얼마나 자랑스러운 얘기겠어요.

무엇이 위대하단 말인가?

그런데 제가 『오이디푸스 왕』을 읽으면서 정말 갑갑했던 건 따로 있었어요. 오이디푸스가 위대한 존재라고 그러는데, 도대체 오이디푸스는 어떤 점에서 위대하다는 건가? 운명에 휘둘리다가 결국은 그렇게 처참한 말로를 맞이했는데 오이디푸스가 위대하다는 이유가 뭘까? 물론 오이디푸스도 테세우스나 헤라클레스처럼 괴물을 물리쳤죠. 스핑크스의 수수께끼를 풀어서 스핑크스로부터 테베를 구한 적이 있잖아요. 이 점도 인상 깊기는 합니다. 하지만 오이디푸스는 악에 맞서 싸운 영웅으로 유명한 게 아니잖아요. 끔찍한 비극의 주인공이라 위대하다고 하니 이상한 노릇 아닌가요?

그렇다면 왜 위대할까? 오이디푸스는 운명이 계속해서 던지는 질문을 한 번도 회피하지 않고 곧바로 달려왔다는 점에서 영웅이 아닐까 생각합니다. 그토록 빨리 파멸에 이르렀던 이유도 자신에게 던져진 질문을 한 번도 회피하지 않고 전력질주해서 답을 찾았기 때문이었어요. 오이디푸스는 한순간도 망설이지 않아요. 그것이 아무리 불유쾌하고 끔찍한 것이라 할지라도 진실을 알고 싶다는 욕망 앞에서 물러서지 않습니다. 어쩌면 신의 뜻에 마구 휘둘리는 연약한 존재인지는 모르지만 결국 오이디푸스는 자신의 선택에 의해서 그 길을 가는 거예요. 과거에는 운명을 피해 도망치는 나약한 존재였다면, 생의 진실을 아는 순간 운명을 받아들이고 가장 낮은 곳에 결핍된 존재로 들어감으로써 새로운 존재 방식을 선택하게 되죠.

아까도 말했지만 결핍되었다는 게 나쁜 건 아니에요. 우리는 항상 무언가 부족하기 때문에 고민을 해요. 인간은 약한 존재입니다. 신의 손에 놀아나는 건지도 몰라요. 소포클레스가 활약했던 시대에는 정말로 인간의 운명이 신의 손에 좌우된다고 생각하고 있었을 거예요. 하지만 인간이 약하다고 해서 위대하지 않다는 뜻은 아니라는 것, 그걸 기억해야 해요. 두려울 것이 없어 당당히 맞서는 존재보다, 크나큰 두려움에도 불구하고 맞서는 존재가 더 위대한 것 아닐까요?

오이디푸스는 운명 앞에서 한없이 약한 존재였지만 어쨌든 그 순간에도 끊임없이 자기 방식의 선택을 하면서 자기만의 길을 만들어냈어요. 약하지만, 혹은 약하기 때문에 더욱 위대한 존재. 아무 일도 없이 그가 왕으로 죽었다면 그토록 위대한 존재로 우리가 기억하지 못했을 텐데, 그가 정직하게 자신의 존재의 비밀에 직면하고 그로 인해 파멸했기 때문에 2,500년이 지나 지구 반대편의 교실에서도 그 사람 이야기를 하게 되는 거겠죠.

길 떠나는 주인공은 오이디푸스만이 아니라 무수히 많이 있죠? 홍길동, 돈키호테, 백설공주도 길을 떠나요. 바리데기도 그렇죠. 길을 떠나는 주인공들 얘기는 엄청나게 많아요. 생각해보세요. 아무도 길을 떠나지 않았던 그 시절에 길을 떠난다는 것, 얼마나 두려웠겠어요? 평생 살면서 자기 마을을 벗어나지 않고 살았던 사람들 속에서, 자의건 타의건 새로운 모험을 떠났던 사람들은 생에서 새로운 발견을 하게 됩니다.

그런데 내가 만약에 모든 것이 준비되어 있고 모든 것을 아는 사람이라면 이 여행에서 얻을 게 없어요. 내가 앞으로 무슨 일이 생길지 모르고 하나도 준비되어 있지 않기 때문에 나는 새로운 존재가 될 수 있는 거예요. 여러분 앞에 어떤 새로운 길이 놓여 있다면, 그런데 여러분이 아무런 준비도 안 되어 있다면, 그건 여러분이 위대해질 기회를 맞게 된 거예요. 다 준비되어 있다면, 여행 안내서대로만 다닐 거라면 누구도 위대한 여행을 할 수 없겠죠.

그래서 저는 이렇게 얘기하고 싶어요. 두려움 없이 생의 진실에 직면하는 것, 익숙한 것과 결별하고 길을 떠날 수 있는 것, 이게 위대한 인간의 본질이 아닐까. 『오이디푸스 왕』이라는 오래된 이야기가 우리에게 전하는 메시지는 이런 것이 아닐까 생각해봅니다.

재미 보장! 이야기계의 레전드

길게는 2,500년, 짧아도 수백 년. 그 옛날에 어떻게 이렇게도 재미있는 이야기가 만들어질 수 있었는지, 그토록 오래된 이야기임에도 불구하고 지금까지 이렇게 매혹적일 수 있는 힘은 어디에서 오는 것인지, 생각할수록 놀랍기만 하다. 때로는 정말 재미있는 이야기는 이미 오래전에 다 만들어졌구나 싶은 생각에 절망하기까지 한다. 이것이 바로 세월을 이기고 살아남은 진짜 고전의 힘이라 할 수 있으리라.

●

「안티고네」 『오이디푸스 왕』, 소포클레스 지음, 강대진 옮김, 민음사

대략 2,500년 된 이야기. 역사상 가장 용감한 여성을 꼽으라면, 단연 안티고네! 우리는 이미 안티고네의 집안에 대해 잘 알고 있다. 『오이디푸스 왕』의 오이디푸스의 딸이니까. 아버지를 죽이고 어머니와 결혼한 패륜의 주인공임이 밝혀지자 스스로 눈을 찌르고 테베를 떠나 방랑의 길을 떠난 오이디푸스. 그에게는 네 명의 자식이 있었는데, 몰락한 아버지의 여정을 함께한 것은 안티고네뿐이었다. 안티고네의 두 오빠는 테베의 패권을 두고 전쟁을 하다 둘 다 죽음을 맞이한다. 오빠 폴리케이네스의 주검을 매장하지 말라는 명령을 어기고 안티고네는 오빠를 매장해준다. 인간의 뜻보다는 신의 뜻에 따르는 것이 옳다는 신념에 충실한 행동이었다.

●

『그림 형제 민담집』 그림 형제 지음. 김경연 옮김. 현암사

형제가 세트로 이야기를 좋아했었나 보다. 한 살 차이인 형 야
코프 그림과 동생 빌헬름 그림은 독일 전역에서 구전되어온 이
야기를 수집하여 글로 옮기는 작업을 평생에 걸쳐 수행한다. '잠
자는 숲 속의 미녀', '개구리 왕자', '백설공주', '피리 부는 사나
이' 등 우리의 어린 시절을 흥미진진한 이야기의 세계로 이끌었던 그 멋진 이
야기들은 모두 그림 형제가 기록한 『그림 동화』에 수록된 것들이다. 동화라
고 무시하지 마라. 우리가 알고 있는 것보다는 훨씬 잔혹하고, 훨씬 으스스
하고, 훨씬 야하다. 솔직히 말해 이보다 재미있는 이야기를 어디에서 만날 수
있겠는가. 이쯤되면 눈치 챘겠지만, 『그림 동화』의 '그림'은 사람 이름이다. 그
러니 『그림 동화』의 아름다운 그림에 반했다는 식으로 떠들면, 원전을 읽지
않고 잘난 척하고 있다는 것을 당장 들키게 된다. 초판 기준으로는 200년 정
도 되었지만, 오랫동안 구전되어온 이야기를 모은 책이니, 실제로는 훨씬 오
래된 이야기들이다.

●

『살아 있는 한국 신화』 신동흔 지음. 한겨레출판

우리에게도 오래되고 재미있는 이야기들이 있다. 바리, 오늘이,
할락궁이, 자청비 등 이름부터 흥미진진한 옛이야기들의 주인
공을 만나볼 수 있는 책이다. 신화라면 그리스 로마 신화만 알
고 있고, 동화라면 『그림 동화』나 『페로 동화』만 알고 있는 사람
들에게 새로운 세계를 펼쳐 보여줄 것이다. 이승과 저승을 오가고, 현실과
마법의 세계를 넘나들며 펼쳐지는 우리 옛이야기의 세계에 빠져들어보시라.
우리 옛이야기의 세계로 안내하는 책이 이 책뿐인 것은 아니지만 이 책이 단
연 최고라고 말하고 싶다.

대체불가 캐릭터의
탄생

『주홍색 연구, 셜록 홈즈 전집 1』

아서 코난 도일 지음, 백영미 옮김, 황금가지

청소년기에 나를 사로잡았던 책

"청소년기에 어떤 책을 가장 즐겨 읽었느냐?"라는 질문에 품위 있게 답변을 하려면, 아우렐리우스의 『명상록』을 읽고 많은 깨달음을 얻었다든지 『플루타르코스 영웅전』 아니면 『삼국지』에서 인생의 교훈을 얻었다고 해야 할 것 같습니다. 하지만 『명상록』은 지금까지도 읽어본 적이 없어요. 『명상록』을 사랑하기엔 전 너무 행동하는 인간인 거 같아요. 『삼국지』, 『플루타르코스 영웅전』은 읽긴 했지만 제 인생에 그렇게 큰 영향을 미친 것 같진 않아요.

최고로 솔직하게 말하면, 초등학교 시절부터 고등학교 때까지 저를 완전히 사로잡았던, 그리고 지금까지도 추리소설을 좋아하는 저의 취향을 만들어낸 것은 바로 셜록 홈즈 시리즈입니다!

셜록 홈즈 시리즈 중에 제가 처음으로 읽었던 건 『바스커빌 가의 개』였어요. 너무 재미있어서 정신을 못 차리게 읽고 또 읽고, 읽고 또 읽었어요. '세상에 이렇게 재미있고 기발한 이야기를 쓸 수 있다니 이 사람은 천재인가 봐' 하며 감탄했죠. 그때 언니들이 놀라운 사실을 알려줬어요. 이 사람이 작품을 수도 없이 더 썼다는 거죠. 다시 말해서 이렇게 재미있는 이야기가 세상에 또 있다니! 너무 흥분되는 거예요.

선생님이 어렸을 때는 초등학교 1학년 때부터 학교에서 적금을 부었어요. 나중에 6학년 때 저축한 돈을 돌려받아서 엄마에게 드렸더니 그 중 절반을 떼어주시면서 "이건 너 쓰고 싶은 대로 써라" 하시는 거예요. 그 돈으로 셜록 홈즈 전집을 샀어요. 내 생애 가장 통큰 쇼핑이었죠.(웃음) 그 책들을 정말 너덜너덜해지도록 읽었던 거 같아요.

셜록 홈즈에 열광한 것이 저뿐만은 아닌 게 확실합니다. '셜로키언'이라고, 셜록 홈즈의 열광적인 팬들을 일컫는 용어가 따로 생겨날 정도니까 말이에요. 이 이야기들에 매혹된 이들이 많다 보니 셜록 홈즈 시리즈를 재구성한 책들도 끝없이 나오고 있어요. 영화, 뮤지컬, 연극도 나왔고요. 여러분이 잘 아는 〈명탐정 코난〉이나 영드 〈셜록〉도 그렇죠. BBC의 〈셜록〉 시즌4 제작이 2017년으로 연기됐다는 소식에 눈물이 날 것 같았어요. 이러다가 환갑이 되어서야 완결을 보게 되는 게 아닌지 몰라요.

셜록 홈즈가 살았다는 베이커 가 221B번지는 원래는 존재하지 않는 주소였는데, 런던시가 팬들의 성화에 못 이겨 할 수 없이 이 주소를 인정했다고 합니다. 이곳으로 아직도 계속해서 사건을 의뢰하는 편지가 전 세계에서 날아오고 있대요. 셜록 홈즈가 실존인물이라고 생각하는 거예요. 산타클로스한테 편지를 보내는 어린아이들처럼 다 큰 어른들이 우리 동네에 이런 이상한 사건이 벌어졌는데 사건을 해결해달라는 사건의뢰 편지를 보낸다고 하네요.

사실 셜록 홈즈 시리즈는 『카라마조프 가의 형제들』이나 『안나 카레니나』 같은 '명작'의 반열에 나란히 놓기는 쑥스러운 책입니다. 하지만 『카라마조프 가의 형제들』이나 『안나 카레니나』는 정말 굳은 결심을 하고 읽어야 해요. 『안나 카레니나』가 도서관 대출 순위 1위라는 이야기를 듣고 무슨 생각을 했냐면 '아, 정말 많은 사람들이 시도했다가 실패했구나' 싶었어요. 빌려갔다는 게 다 읽었다는 뜻이 아니거든요. 그러나 셜록 홈즈는 빌려가면 다 읽어요. 이건 소설의 또 다른 존재 방식이라고 생각합니다. 우러러보지 않아도 되는, 그러나 미치게 재미있는.

추리소설의 새로운 장이 열리다

추리소설에서 1887년은 매우 중요한 해입니다. 1887년에 『주홍색 연구』가 출판되었거든요. 오늘 소개할 『주홍색 연구』는 나의 청소년기에 진한 자취를 남긴 셜록 홈즈 시리즈의 첫 번째 작품입니다.

전 세계에서 가장 유명한 주소인 베이커 가 221B번지에는
셜로키언의 성지가 된 셜록 홈즈 뮤지엄이 있다. 셜록 홈즈와 왓슨 박사가 지낸
거실을 재현하고, 소설 속에 등장했던 실험 기구들이 전시되어 있다.

바로 이 『주홍색 연구』를 통해 코난 도일이라는 위대한 추리소설 작가가 세상에 그 존재를 드러냈고, '셜록 홈즈'라는 전무후무한 캐릭터가 세상에 등장했어요.

1887년에 추리소설의 새로운 장이 열렸다면, 그 이전에는 추리소설이 없었을까요? 추리소설은 언제부터 시작되어 오늘에 이르렀을까요? 『오이디푸스 왕』에서도 살인사건이 나오죠. 『햄릿』에서도 살인사건이 나와요. 두 사건 다 범인을 밝히고 해결이 되는데, 신탁에 의해 해결되거나 꿈에서 누군가가 범인을 알려주거나 하죠. 합리적이고 이성적인 해결방식이 아닙니다. 그런데 셜록 홈즈는 이성적인 해결방식으로 살인사건을 해결하는 본격 추리소설의 계열에 들어갑니다. 최초는 아닙니다. 에드거 앨런 포가 살짝 열어놓은 문을 활짝 열어젖힌 사람이 코난 도일이라고 생각하면 돼요.

최초의 과학적 추리소설이라고 한다면 19세기 중반으로 가야 합니다. 에드거 앨런 포는 『도둑맞은 편지』와 『모르그 가의 살인』을 써서 본격 추리소설을 시작했어요. 주인공 오귀스트 뒤팽이 본격 탐정의 효시라고 할 수 있죠.

포의 『도둑맞은 편지』를 볼까요? 지금도 엄청 많이 읽히는데다 여기서 나오는 이야기들이 온갖 미스터리 영화에서 약간씩 변형되어서 나와요. 어떤 편지를 찾아야 되는데, 파리 경시청을 총동원해서 집을 수색하는데도 편지를 못 찾아요. 그런데 뒤팽이 자기 집 거실에 앉아서 그 정황 이야기를 듣고 단박에 찾아냅니다. 사건 현장을 조사한 게 아니라 머릿속으로 추리를 완전히 마친 다음에 그 집에 가서 찾아내죠. 편지를 어디서 찾았을까요?

 바닥이요!

 양탄자 밑에서요.

 우체통?

비슷해요! 책상 위에 놓여 있는, 편지를 모아두는 편지꽂이에서 찾아냈어요. 편지니까 편지꽂이에 있는 것이 자연스럽죠.

굉장히 중요한 문서니까 아주 깊숙하게 숨겨놨을 거라고 생각하잖아요. 그러니 숨겨놓을 장소만 찾았던 거죠. 그런데 이걸 숨겨둔 범인은 사람의 마음을 읽을 수 있는 사람이었어요. 샅샅이 다 뒤지면서도 편지꽂이는 뒤지지 않을 사람의 심리, 바보가 아닌 다음에야 여기에 그렇게 중요한 단서를 놓아두지는 않을 거라 생각하는 심리를 이용했던 거죠.

오귀스트 뒤팽은 에드거 앨런 포가 쓴 『도둑맞은 편지』와 『모르그 가의 살인』에 등장해서 사건을 해결하는 탐정이에요. 경찰은 바보 같고 탐정은 엄청 똑똑하다는 설정이죠. 뒤팽은 추리기계예요. 돌아다니지도 않아요. 안락의자에 앉아서 갖다주는 단서를 가지고서 자기가 사건을 해결해요. 거기다가 성격도 굉장히 안 좋고 취미도 괴팍해요. 누가 떠오르지 않아요?

 셜록 홈즈요.

그렇죠? 완전히 새롭게 만들어진 이야기란 이 세상에 존재하지 않는 것 같아요. 그래서 좋은 이야기를 만들려면 다른 사람의 이야기를 많이 읽어야 돼요. 게임도 스토리로 되어 있잖아요. 그것도 완전 창작이 아니라 여러 신화나 재미있는 소설들이나 이런 데서 재구성하는 거예요. 그래서 책을 읽어야 해요.

밀실 살인, 잠긴 방 미스터리. 다 『모르그 가의 살인』에서 나오는 거예요. 처음으로 이런 트릭이 나오고 이걸 과학적으로 풀어가는 방식을 보여주면서 추리소설의 하나의 전형을 만들어냅니다. 거기다가 상대방을 파악하는 능력이 아주 뛰어나다는 것도 셜록 홈즈랑 꽁장히 닮았어요. 셜록 홈즈가 왓슨한테 "요즘 자네 집에 새로 온 가정부가 좀 부주의한 성격인가 보군" 이렇게 얘기해서 사람을 깜짝깜짝 놀라게 하잖아요. 이런 것도 셜록 홈즈가 처음이 아니라 오귀스트 뒤팽이 길거리에서 저 사람은 어떤 사람이라는 둥 스캔하면서 지나가는 장면에서 발전한 거예요.

작품에 화자가 따로 있다는 것도 비슷해요. 셜록 홈즈에는 왓슨이 있죠? 그리고 또 하나, 탐정 일이 직업과 취미 사이에 있는 것도 비슷하죠. 탐정이지만 직업이라고 보기에는 무리가 있고, 그렇다고 이게 완전 취미라고 보기에는 너무 본격적이에요. 코난 도일이 에드거 앨런 포의 많은 점들을 따라 했어요. 자기가 그렇게 따라 해놓고서 코난 도일은 『주홍색 연구』에서 셜록 홈즈의 입을 빌려서 이런 말을 하는 장면이 나옵니다.

제가 보기에 뒤팽은 수준 낮은 탐정입니다. 15분간 침묵을 지킨 다음에 그럴듯한 말로 친구들의 생각을 방해하는 수법은 아주 천박하고 자기 과시적인 것이지요. 물론 그에게 천재적 분석 능력이 있는 것은 사실입니다. 하지만 그는 포가 의도했던 것 같은 그런 비범한 인물은 결코 아니었지요.

셜록 홈즈가 왓슨에게 한 말이었어요. 왓슨은 굉장히 마음이 상했어요. 왜냐하면 왓슨이 오귀스트 뒤팽의 팬이었거든요. 코난 도일 혹은 셜록 홈즈는 포 혹은 오귀스트 뒤팽을 의식하고 있었던 것 같아요. 그것도 상당한 수준으로 말이죠. 당시 사람들은 탐정이라면 뒤팽을 떠올렸을 테고, 코난 도일은 셜록 홈즈가 뒤팽을 뛰어넘는 탐정이라는 것을 보여줘야 했을 거예요.

그렇다면 에드거 앨런 포가 창조한 오귀스트 뒤팽은 인기를 끌었을까요? 뒤팽은 너무 일찍 왔다는 평가를 받아요. 사람들은 이 괴팍한 주인공을 좋아할 준비가 되어 있지 않았어요. 괴팍한 주인공의 괴팍한 이야기. 뭔가 정의가 실현되는 것도 아니고, 로맨스가 있는 것도 아니고, 도대체 이게 뭐란 말인가! 별로 사랑받지 못한 소설이었어요. 물론 주목할 만한 소설이었지만 코난 도일이나 애거서 크리스티가 생전에 누렸던 그런 어마어마한 명성을 누리지는 못했습니다. 결국 대중의 인기를 독차지한 것은 셜록 홈즈였어요. 이렇게 말할 수 있겠죠. "뒤팽은 너무 일찍 왔다, 시간 맞춰 온 것은 셜록 홈즈다."

시간 맞춰 온 것은 셜록 홈즈다

시간 맞춰 온 것은 셜록 홈즈라니, 이건 무슨 말일까요? 저는 독자가 있어야 소설이 살아남는다는 이야기를 하고 싶습니다. 아무리 멋진 소설을 썼어도 그것이 그 시대의 독자들과 같이 호흡하지 못하면 살아남기 어려워요.

어떤 예술작품이 팔리는 경로를 한번 생각해봅시다. 미켈란젤로 시대의 화가들은 어떻게 먹고살았을까요?

 귀족이나 부자들의 후원을 받아서요.

맞아요. 미켈란젤로는 피렌체에 살면서 메디치 가의 엄청난 후원을 받으면서 공방을 운영하고 주문 제작했죠. "천장에 그림 그려줘." 그러면 출장 가서 그림을 그려주는 방식이니 판매는 걱정할 필요가 없었어요. 공방에 들어가서 어려서부터 수련을 하면 돼요. 큰 부자가 되는 건 아니지만, 그냥 그렇게 먹고사는 방식이 되는 거죠. 과거의 유명한 화가들은 다 그렇게 후원으로 먹고살았어요. 작곡가들도 마찬가지죠. 모차르트를 생각해보세요. 후원자가 파티를 열면 춤곡을 쓰고, 후원자의 친척이 죽으면 장송곡을 만들었죠.

그랬는데 그런 후원이 사라지고 개인 판매를 해야 되는 시대가 열립니다. 후원자들은 주로 귀족이었는데, 시민혁명으로 귀족 계급이 몰락했으니까요. 그러나 그림이 거래될 미술시장은 아직 본격적으로 형성되지 않았을 때, 그 사이에 끼어 있는 게 반 고흐예요. 반 고흐는 살아생전 그림을 판매하지 못했어요. 정말 지독히도 안 팔렸어요. 심지어 동생 테오가 엄청 잘나가는 화상, 그러니까 갤러리의 미술품 거래 전문가였는데도 그래요. 형 그림은 죽어도 못 파는 거야. 어떻게 하면 팔 수 있을까, 형제가 둘이 편지로 얼마나 많이 의논하는데…. 그런데도 안 팔려요. 지금은 세계에서 제일 비싼 그림이지만 그때는 안 팔렸어요. 후원자의 후원은 무너졌으되 아직 미술시장은 잘 정착되지 않은, 그런 중간 시대에 끼어 있는 거예요.

그랬다가 피카소나 마티스의 시대가 열리죠. 둘은 같은 시대에 활약했던 화가인데요, 살아생전에 이미 최고가를 누리면서 히트를 치는, 오래오래 살면서 많은 그림을 엄청난 가격에 팔아 치운 화가들이에요. 이미 미술시장이 형성되어서 부자들이 그림을 사들이고 투자하기 시작한 시대거든요.

그 사람이 얼마나 위대한지 아닌지와 상관없이 그 사람의 생존 방식을 결정하는 시대적 배경이 있어요. 산업화, 도시화가 되면서 충분히 추리소설의 무대가 되어줄 만한 복잡한 도시와 복잡한 도시의 구성원들이 생겨납니다. 과학수사가 출현하고, 사회통제가 강화되면서 억압이 심해지니까 사람들은 은밀한 즐거움을 찾게 되죠. 남학생들 야동 보는 건 왜 즐거워요? 금지되어 있기 때문에 더 즐거운 거예요. 길티플레저guilty pleasure라고 그러죠. 금지된 것에 즐거움을 느끼는. 살인에 열광하는 대중. 이런 것들이 다 갖춰져 있지 않은 다음에야 이런 소설이 나올 수가 없었던 거죠. 그러니까 코난 도

일은 그 시대에 딱 맞게 태어나서 딱 맞는 작품을 내놓은 거라고 볼 수 있겠죠. 작품 자체의 완성도도 중요하지만 그것이 어떤 시대에 나왔는가도 중요한 문제예요.

근대화와 산업화가 연 추리소설의 시대

그렇다면 그 시대가 어떤 시대였기에 홈즈가 시간 맞춰 왔다고 얘기하는 걸까요? 추리소설의 시대는 1880년대부터 1920년대예요. 바로 셜록 홈즈가 왕성하게 활동했던 시기이면서 애거서 크리스티의 작품 활동이 정점을 찍은 시기입니다. 그리고 또 하나, 영국 사회의 근대화 시기와 일치합니다. 추리소설은 근대화의 산물이라고도 볼 수 있습니다.

산업혁명으로 귀족 계급은 몰락하고 부르주아 계급이 부상하죠. 코난 도일의 소설은 이런 근대의 특징들을 그대로 담고 있습니다. 뒤팽이 그렇게 뛰어난 추리를 했음에도 불구하고 독자들의 큰 사랑을 받지 못했던 이유가 무엇일까요? 뒤팽은 귀족이에요. 이미 귀족의 시대가 끝났는데 귀족 출신의 도도한 탐정을 사람들이 별로 마음에 들어 하지 않았어요. 셜록 홈즈는 귀족이 아니에요. 그런데 먹고살기 위해서 그렇게 빠득빠득 일하지 않는 걸 보니 재산이 좀 있나 봐요. 부르주아 탐정. 교양을 갖추고 재산도 있고 전문적인 영역에서 자기 수완을 발휘하는 부르주아 탐정이 등장하자 마음에 딱 맞았던 거죠. 그런데 흥미로운 것은 이런 부르주아 탐정을 부르주아들만 좋아하지는 않았다는 것이죠. 교육이 대중화되면서 읽고 쓸 줄 알게 된 대중들도 셜록 홈즈를 좋아했어요. 이 사람들 덕분에 신문의 시대가 열렸죠. 신문 연재소설도 시작되었고요.

셜록의 시대는 이런 시대였어요. 읽고 쓰는 계층이 등장해요. 이 계층이 있으니까 신문이 팔리고, 신문은 더 많이 팔려고 어떻게든 잘나가는 사람들을 잡아서 연재소설을 싣기로 한 거죠. 『톰 소여의 모험』, 『허클베리핀의 모험』을 쓴 마크 트웨인, 『마지막 잎새』, 『20년 후』를 쓴 오 헨리도 연재소설 작가입니다.

도시화가 되면서 범죄가 많이 생겨나자 경찰조직이 생겨나기 시작해요. 도시에는 범죄가 있어요. 옛날과는 달리 사람들이 옆집에 누가 사는지 서로 몰라요. 인구밀도가 높기 때문에 삶의 질도 많이 낮아져서 불량한 주택, 슬럼가들도 많이 생기고 그만큼 숨기도 좋아졌어요. 게다가 이동성이 증가하면서 왔다 갔다 하는 사람들도 많아졌죠. 런던은 이제 국제도시가 되어서 전 세계인들이 모여 들어요. 그러니까 어수선하고 복잡하고 우왕좌왕하고 범죄가 일어날 수 있는 가능성이 굉장히 높아진 거죠.

프랑스 같은 경우에는 비독이라는 유명한 범죄자를 경찰에서 고용하기도 해요. 범죄자라야 범죄자를 잘 알 거 아니겠어요? 그 전 시대는 어땠을까요? "의심돼? 잡아!" 그리고 "네 죄를 네가 알렷다!" 하고 "바른대로 댈 때까지 매우 쳐라" 이렇게 하면 됐었죠. 그런데 이제 그럴 수 없는 시대가 됐어요. 왜? 근대화됐다는 건 경제적으로는 산업혁명이지만 정치적으로는 시민혁명이 일어나고 인권의식이 성장한다는 거예요. 인권의식이 성장하면서 아무나 붙잡아다 "네 죄를 네가 알렷다!" 하고 사람을 두들겨 패거나 고문하면 안 되는 시대가 열렸기 때문이죠. 범인을 체포할 땐 증거가 필요합니다. 그러니까 과학적인 수사가 필요했던 거죠. 그런 일들을 담당할 경찰이 필요했는데 맨 처음에는 사람들이 범죄에 대해서 모르니까 유명한 범죄자를 고용하기도 했던 거예요. 비독이 실제로 사건을 많이 해결했었어요. 비독은 훗날 도둑이면서 정의를 실현하는 프랑스 범죄소설의 주인공으로 재탄생하죠. 모리스 르블랑이 쓴 소설에서 아르센 뤼팽이라는 이름으로.

이런 사정 때문에 과학이 범죄 해결에 개입하는 일들이 많아졌어요. 골상학이 등장합니다. 두개골의 모양을 보면 범죄형이 있다는 거예요. 셜록 홈즈도 골상학적인 지식을 막 과시하는 장면이 나와요. 지금 보면 과학이 아니죠. 여기서 과학이 범죄 해결에 개입했다고 했을 때의 과학은 19세기 말, 20세기 초 당시 사람들이 생각했던 과학이에요. 21세기 우리가 바라보는 과학이 아닙니다.

물론 이때 등장한 과학 수사 기법 중에 오늘날까지 활용하는 것들도 있어요. 거짓말 탐지기가 이때 나왔어요. 또, 사람들마다 지문이 다르고, 지문을 채취해서 개개인을 식별할 수 있다는 것도 이 시대에 밝혀져요. 마시테스트라고 해서 죽은 사람의 피부에 있는 독약을 검출해낼 수 있는 테스트 방법도 나왔죠. 현미경이 대중화되면서 현미경을 통해서 피나 정액을 조사해서 그 사람에게 어떤 일이 벌어졌는지 조사하는 것도 이때 생겨났어요. 텔레비전 드라마에 등장하는 그런 수사 기법들은 거의 다 이때부터 시작된 거예요.

코난 도일은 셜록 홈즈 시리즈를 통해서 그 당시 가장 핫한 최신 연구 기법을 소개하고 있었던 것인지도 모르겠습니다. 코난 도일의 직업은 원래 의사였어요. 안과 의사였다고 하는데 과학 지식이 풍부했기 때문에 소설에서도 과학적인 지식을 많이 활용했어요. 물론, 그 당시의 입장에서 '과학'이죠.

홈즈의 추리, 어딘가 좀 이상하다?

이제 본격적으로 『주홍색 연구』의 세계로 들어가볼까요? 제목이 특이하죠. 왜 주홍색 연구일까요?

이것은 주홍색 연구입니다. 안 그렇습니까? 나 같은 사람이 예술적인 표현을 좀 쓴다고 해서 안 될 건 없을 겁니다. 삶의 무채색 실 꾸러미 속에, 주홍빛 살인의 혈맥이 면면히 흐르고 있어요. 우리가 할 일은 그 실꾸러미를 풀어서 살인의 혈맥을 찾아내어 그것을 가차 없이 드러내는 것입니다.

그러니까 주홍색 연구라고 해서 주홍색과 관련된 살인 사건이 등장하지는 않아요. 주홍색 연구라는 것 자체는 비유적인 표현인

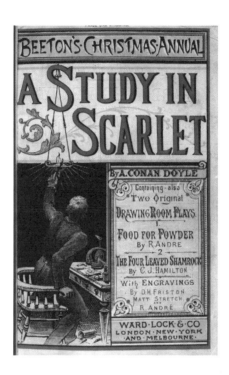

1887년 『주홍색 연구』가 처음 발표된 〈비튼의 크리스마스 연감〉.
역사적인 책이지만 발표 당시만 해도 큰 주목을 받지는 못했다.

거죠. 이 삶은 무채색이고 범죄는 컬러가 있다고 보는 거예요. 그런데 왜 하필 주홍색일까요?

 『주홍글씨』랑 비슷한 거 아닐까요?

그러게, 여기도 주홍이네. 유럽 사회에서 주홍은 범죄, 금지된 것, 죄악을 뜻한다고 해요. 그래서『주홍글씨』에서도 간통Adultery의 첫 글자 A를 주홍색으로 새기게 했잖아요. 실제로 증거는 없지만 『주홍색 연구』는『주홍글씨』보다 훨씬 뒤에 출판된 작품이고,『주홍글씨』가 이 책의 제목을 짓는 데 꽤 영향을 끼쳤을 수도 있지 않을까, 추정해볼 수 있겠네요.

"아프가니스탄에서 오셨군요." 셜록 홈즈가 왓슨을 보고 한 첫마디입니다. 왓슨이 깜짝 놀라서 계속 물어봤어요. 어떻게 알았느냐고. 한 10페이지쯤에서 "아프가니스탄에서 오셨군요" 이러고 36페이지쯤에서 가르쳐줘요.

'이 신사는 의사 같지만 그러면서도 군인 같은 분위기를 풍긴다. 그러면 군의관이 분명하다. 얼굴빛이 검은 것으로 보아 열대 지방에서 귀국한 지 얼마 안 되는 것 같다. 손목이 흰 걸 보면 원래 검지 않다는 것을 알수 있다. 얼굴이 해쓱한 것은 고생을 많이 하고 병에 시달렸기 때문이겠지. 왼팔에 부상을 입은 적이 있나 보다. 왼팔의 움직임이 뻣뻣하고 부자연스럽다. 열대 지방에서 영국 군의관이 그렇게 심하게 고생하고 팔

에 부상까지 입을 만한 곳이 어디일까? 분명히 아프가니스탄이다.'

이게 왓슨이 아프가니스탄에서 온 것을 알아맞힌 홈즈의 추리예요. 굉장히 유명한 장면이죠. 유능한 탐정을 얘기할 때 "무릎이 튀어나온 바지를 입고 있는 걸 보니 이 사람은 기어 다니면서 뭔가를 했겠군" 뭐 이런다든지, "회중시계에 긁힌 자국이 많은 걸 보니 술주정뱅이겠군" 이런 설정 많이 보죠? 그거 누가 만들어낸 거예요? 뒤팽이 조금 선보이고, 셜록 홈즈에서 완성된 거예요. 사람을 보면 쫙 스캔해서 정보를 읽는 캐릭터인 거죠.

왓슨은 우연한 기회에 홈즈와 같은 하숙집에서 생활하게 되면서 홈즈의 일상을 옆에서 관찰할 수 있게 됩니다. 군 제대 후 일자리를 구하지 못했기 때문에 이렇다 하게 할 일도 없는 백수 신세였으니 관찰자로서는 안성맞춤이라고 할 수 있죠. 그 과정에서 홈즈가 탐정이라는 신종 직업에 종사하고 있다는 사실을 알게 되고, 런던경찰청 소속 경찰의 부탁으로 사건을 해결하는 과정을 지켜보게 됩니다. 그냥 지켜보는 정도가 아니라 조수로서 함께 수사에 참여하죠.『주홍색 연구』는 왓슨이 홈즈의 활약을 지켜본 후 나중에 그 일을 기록하는 형식으로 구성되어 있어요.

『주홍색 연구』에서 홈즈는 경찰도 풀지 못해 미궁에 빠져버린 살인 사건을 단박에 해결합니다. 키와 보폭, 살인 현장에 남긴 낙서 등을 단서로 범인의 키를 추정해내고, 시체에서 풍기는 냄새로 독살임을 알아내죠. 마차 바퀴 자국으로 범인이 사용한 마차를 알아내고요.

그런데 지금 홈즈의 추리를 보면 좀 허술한 면이 있어요. 홈즈의 특기가 변장인데, 홈즈의 키가 180센티미터가 넘어요. 할머니로 변장을 하더라도 키를 줄일 수는 없었을 텐데, 180센티미터가 넘는 할머니를 사람들은 왜 이상하게 보지 않았을까? 또 『빨간 머리 연맹』에서는 지팡이로 톡톡 두드려보고 땅굴의 방향을 알아내는데, 실제로는 그렇게 지팡이를 두드려서 땅 밑이 비었다는 걸 아는 정도의 길이면 마차가 지나갈 수 없대요. 무너지는 거죠. 담뱃재만 보면 어떤 담배인지 안다는 것도, 그 시대에 담배가 몇 종류 안 되니까 가능했던 거죠. 그런데 지금은 담배의 종류가 얼마나 많은가요? 무슨 수로 알아내겠어요.

어쨌든 인간은 너무 많아졌고, 도시는 더 복잡해졌고, 담배의 종류도 너무 많고, 데이터도 너무 많고, 오늘날 홈즈가 살아 있다면 이런 방식으로 수사해서는 동네 슈퍼마켓 도둑도 못 잡을 거예요. 하여튼 그 당시에는 먹힌다고 생각했던 거죠. 앞에서도 이야기했지만, 홈즈의 과학 수사법은 그 당시 과학 수사법이에요. 그리고 그 당시에도 좀 더 꼼꼼한 독자라면 많이 비판했을 거 같다는 생각도 들어요.

전대미문의 매력 터지는 캐릭터, 셜록 홈즈

여기서 끝났으면 그냥 오귀스트 뒤팽 같은 인물이었을 텐데, 독특하고 기억에 남는 캐릭터지만 그렇게 사람을 매료시키는 캐릭터는 아니었을 텐데, 저는 코난 도일이 여기서 남들과는 다른 하나를 만들었다고 생각해요.

홈즈는 엄청나게 이중적이었어요. 안락의자 탐정인데도 언제든지 자리를 박차고 나가서 변장을 하고, 범인을 직접 찾아내기도 하고, 탐문수사도 하고, 범인과 싸우는 것도 마다하지 않죠. 이처럼 '행동하는 인간'이라는 이중적인 특성이 있어요.

> "홈즈, 당신은 추리를 정밀과학의 경지로까지 끌어올렸습니다."
> 내 친구의 얼굴이 상기되었다. 내가 진심으로 그런 말을 하는 걸 듣고 마음속으로 흐뭇한 모양이었다. 나는 홈즈가 자신의 방법에 대한 칭찬에 민감하게 반응한다는 사실을 이미 눈치채고 있었다. 그것은 10대 소녀들이 예쁘다는 칭찬에 예민한 것과 같았다.

명성에 초연한 척하지만 또 명성에 엄청 집착을 해요. 아무 대가 없이 경시청 일을 도와주면서도 세상이 자기의 그런 점을 알아주지 않는다고 끊임없이 투덜거려요. 해결은 내가 했는데 저들이 명예를 다 가져간다고 그러면서. 그럼 그다음에 안 해줘야 되잖아요. 그런데도 또 해줘요. 왜냐하면 범죄수사 자체가 너무 재미있거든요. 거기다가 왓슨을 바보 천치로 만든 다음에 맨 마지막에 밝히죠. 극적 효과를 굉장히 좋아하는 거지. 효율은 떨어지죠. 왜냐하면 왓슨과 계속 정보를 교환하면 상대방이 나와 더 잘 맞춰서 움직여줄 텐데 그런 걸 하지 않는 거예요.

홈즈의 이중성의 압권이 이거죠. 천재적인 두뇌를 가졌는데 인간관계능력이 완전히 떨어져요. 어느 정도로 떨어지냐 하면 왓슨하고 대화를 나누다가 "이 시계를 보고 이 시계의 원래 임자를 알아맞힐 수 있냐?"라고 왓슨이 홈즈를 시험해요. 홈즈가 그걸 알아맞히면서 왓슨의 가족사에서 상처가 되는 부분을 아무렇지도 않게 막 드러내는 거예요. 당연히 왓슨이 화를 내요. 그런데 홈즈는 왓슨이 왜 화를 내는지 이해를 못해요.

뿐만 아니라 이 사람은 다 아는 것 같지만 모르는 게 너무 많아요. 심지어 지구가 태양 주위를 도는 것도 모르는 거야! 그래서 왓슨이 깜짝 놀라서 "어떻게 그걸 모를 수가 있냐?"고 하니까 이렇게 얘기해요.

"무엇보다도 중요한 것은 아무짝에도 쓸모없는 사실이 유용한 지식을 밀어내지 않도록 주의하는 것이죠."

"하지만 태양계는!" 나는 따지고 들었다.

"대관절 그게 나한테 무슨 의미가 있겠습니까? (중략) 박사는 방금 지구가 태양 주위를 돈다고 했습니다. 하지만 지구가 달 주위를 돈다고 해도 나나 내가 하는 일은 눈곱만큼도 달라지지 않을 겁니다."

범죄 해결 외에는 아무 관심도 없어요. 그러니까 세계가 좁죠. 문학에 대한 지식은 제로라고 나와요.

그러고 보면 전문성이나 전문 분야는 근대가 만들어낸 또 하나의 환상이 아닐까요? 어떤 특정한 일에 전문가가 된다. 근대가 만들어낸 이런 환상을 그대로 구현하고 있는 인물이 바로 셜록인 거죠. 그리고 그런 사람이 멋져 보이는 거예요. 다른 건 다 모르는데 범죄수사만 알고 있고 거기에 엄청 유능해. 그럼 되게 멋있어 보이잖아요. 그런데 실생활에서 이런 사람이 있다면 진짜 멋있을까요? 전 아닐 것 같아요. 과학자가 정치에 대해서 모르기 때문에 핵무기를 개발하게 되는 거 아닐까요?

셜록 홈즈 시리즈에는 페이지마다 편견들도 넘쳐납니다. 자문화 중심주의, 백인우월주의, 부르주아적 가치관. 셜록은 한마디로 말하면 백인 남성 부르주아 문화의 수호자예요. 의외로 셜록 홈즈가 해결한 사건들 중에 살인 사건이 많지 않아요. 주로 재산이나 명예와 관련된 사건들이죠. 살인 사건도 재산이나 복수 때문에 생긴 사건이 굉장히 많아요. 개인의 재산권에 관심을 가지고 있었던 부르주아 문화의 반영이죠.

또, 범죄자들은 영국인이 아닌 경우가 많습니다. 거기다가 처벌받지 않는 범죄들도 되게 많아요. 괜찮은 사람이 괜찮은 이유에서 저지른 살인은 괜찮다는 거죠. 셜록 홈즈 자체가 먹고살기 위해서 일을 할 필요가 없는 존재라고 얘기했었죠? 여기서 등장하는 사람들도 대체로 그래요. 대다수가 공장에서 장시간 노동에 시달리고 있었던 시절이었는데도 불구하고 그런 삶을 사는 사람들은 소설에 절대 주요 등장인물로 나오는 법이 없어요. 한량들의 이야기인 거죠. 그리고 한량들만 범죄를 치밀하게 구성할 시간이 있다는 점에서 지능범 자체가 부르주아적인 거예요. 매일매일 공장에 묶여 있는 사람은 그런 지능적인 범죄를 저지를 시간이 없어요. 그만큼 머리를 쓸 수 있는 시간이 없는 거죠. 셜록 홈즈가 이렇게 재수 없는 이야기였나 싶죠?

그런데 왜 재미있는 걸까요? 저는 이제 알 만큼 알고 정치적으로 공정한 것에 대해서 굉장히 예민한 사람인데도 왜 이게 재미있는 걸까요? 올바르지 않은데 재미있어, 너무 생생해요. 그러니까 아직도 탐정의 대명사겠죠.

이것이 셜록 홈즈라는 캐릭터가 갖는 힘이라고 생각합니다. 코난 도일은 아직도 사람들이 그가 살아 있다고 믿을 만큼 너무나 생생한 주인공을 창조해낸 거예요. 한 번도 만난 적은 없지만 꼭 있을 것만 같은, 있다면 바로 이럴 것만 같은 그런 캐릭터!

앞에서 셜록 홈즈 시리즈는 소설의 또 다른 존재 방식이라는 얘기를 했었어요. 무릎 꿇고 읽을 만한 책은 아니지만, 밤새워 읽게 만드는. 우러러보는 책은 아니지만, 끝까지 읽게 만드는. 내가 가장 감명 깊게 읽은 책이라고는 말 못하지만, 초조하게 다음 책을 기다리게 만드는. 그런 재미의 원천이 바로 셜록 홈즈라는 캐릭터가 아닐까 생각합니다. 영화로, 만화로, 드라마로, 자꾸자꾸 셜록 홈즈가 되살아나는 이유가 바로 여기에 있지 않을까요? 올바르지 않으나

(바른 생활 사나이는 재미없잖아요?) 매혹적인 캐릭터를 창조하는 일, 그 어려운 일을 코난 도일이 해낸 거랍니다. 100년도 더 전에.

마니아가 꼽은 추리소설 TOP 3

추리소설은 늘 내 마음을 설레게 한다. 조앤 플루크의 『레몬 머랭 파이 살인 사건』처럼 가벼운 추리소설부터 움베르토 에코의 『장미의 이름』처럼 고급스러운 추리소설까지. 이 가운데 어떤 것을 골라 추천해야 할지 고심하는 것은 아주 즐거운 일이다.

●

『그리고 아무도 없었다』   애거서 크리스티 지음, 김남주 옮김, 황금가지

추리소설의 여왕이라 불리는 애거서 크리스티는 다작으로도 유명하다. 그런데 그 많은 작품들 중에서 하나를 꼽으라면 주저 없이 『그리고 아무도 없었다』를 뽑겠다. 긴장과 공포, 그리고 기막히는 트릭까지, 추리소설이 갖추어야 할 모든 것을 갖추고 있
다. 정체불명의 초대장을 받고 섬으로 초대된 사람들이 하나하나 죽음을 맞는다. 왜, 어떻게 이런 일이 벌어지게 된 것일까? 여기서 이야기의 전말을 흘리는 것은 거의 범죄에 해당하는 일이기에 더 이상 자세한 이야기는 하지 않겠다. 그게 옳다.

●

『화차』   미야베 미유키 지음, 이영미 옮김, 문학동네

어느 날 갑자기 아내가 사라졌다! 그런데 어디서도 그녀의 흔적을 제대로 찾

을 수 없다. 과연 아내였던 그 여자가 존재하기는 했던 것일까? 내가 결혼했던 그 여자의 정체는 무엇이란 말인가. 사라진 아내를 찾아가는 남자의 이야기. 빚을 지게 만드는 사회, 신용 불량을 부추기는 사회의 문제점을 추리소설의 형식을 통해 처절하 게 드러내고 있는 이 소설을 읽고 있으면 추리소설이 사회 문제를 고발하는 역할도 한다는 것을 알게 된다. 변영주 감독에 의해 영화로도 만들어졌다.

●

『장미의 이름』 움베르토 에코 지음, 이윤기 옮김, 열린책들

아주 철학적인 추리소설이다. 중세 수도원을 배경으로 수도원 장서관에서 일어난 의문의 죽음을 파헤쳐가는 이야기인데, 해 결사인 주인공이 영국의 수도사 바스커빌의 윌리엄이다. 바스 커빌이라는 지명이 어쩐지 낯익은가? 맞다. 셜록 홈즈가 등장 하는 소설 중에 『바스커빌 가의 개』라는 소설이 있다. 수도사 윌리엄의 곁을 지키면서 조수 노릇을 하는 아드소라는 배역까지 감안하면 에코가 코난 도 일을 의식하고 이 소설을 썼으리라는 추정도 가능하다. 금지된 책, 금지된 지 식에 대한 욕망과 이것을 죽음으로 단죄하려는 권력 간의 긴장을 잘 그려냈 다. 다소 난해하지만, 읽고 나면 마음 깊은 곳에서 자부심이 폭발한다. 추리 소설의 가장 고급스러운 형태를 경험할 수 있다.

3강

불행이 함께하기에
달콤한 인생

『멋진 신세계』

올더스 헉슬리 지음, 안정효 옮김, 소담출판사

인간성의 끝을 보다

『멋진 신세계』는 1932년에 발표된 작품입니다. 이 책을 쓴 올더스 헉슬리는 19세기 말에 태어나서 20세기 중반까지 살았어요.

1932년이라는 시절을 한번 생각해봅시다. 1차 세계대전은 1914년에 시작해서 1918년에 끝났어요. 2차 세계대전은 1939년에 시작되었어요. 그러니까 1932년은 어떤 시기일까요? 1차 세계대전은 이미 끝났고 2차 세계대전은 아직 시작되지 않았죠. 그 두 차례의 세계대전 사이에 대공황이 세계를 덮쳤습니다. 올더스 헉슬리가 『멋진 신세계』를 집필하던 시기는, 지난번에 우리가 다뤘던 코난 도일이 셜록 홈즈를 신나게 썼던 그 시절과는 다르죠.

셜록 홈즈는 자신감이 넘쳐요. 모든 문제를 해결할 수 있어요.

'내가 해결하지 못할 문제는 없어!' 아주 도도하고 자신감이 넘치죠. 그게 19세기 말의 유럽 사회 분위기입니다. 시민혁명의 승리, 산업혁명의 융성으로 서구사회는 자신만만했어요. 물질적 번영을 이룩했고, 비유럽 사회를 자기 발밑에 두었죠. '해가 지지 않는 나라,영국'이라는 신화는 바로 이 시기에 생겨난 겁니다. 유럽 사람들은 인류가 무한히 진보하고 엄청나게 잘살게 될 거라고 생각했는데, 어떻게 되었나요? 1차 세계대전이 벌어졌습니다.

세계대전이 터지면서 인간이 인간에게 이토록 끔찍한 짓을 저지를 수 있다는 사실에 인간 스스로가 깜짝 놀랐습니다. 그 이전의 전쟁과는 비교가 안 될 만큼 많은 사람이 죽고 다쳤죠. 전쟁이 장기화, 세계화되면서 아주 비열한 수법들도 많이 나왔습니다. 그러면서 인간에 대한 믿음 자체가 붕괴됐어요. 겨우 전쟁이 준 충격에서 회복되려는 찰나에, 우리가 인간성은 안 좋지만 물질적으로는 계속 번영할 줄 알았는데, 경제도 완전히 타격을 입은 거죠. 경제공황이란 창고에서 먹을 것이 썩어가고 있는데도 경제가 흐름을 멈춰서 사람들이 굶어 죽는 현상이에요.

'와, 인간은 정말 대책이 없구나' 하는 생각들을 서구의 지성들이 하고 있을 때쯤 올더스 헉슬리는 『멋진 신세계』라는 작품을 썼어요. 과학기술이 발달하고 산업화되고, 그래서 생산성이 극도로 높아지면서 인간은 굉장히 많은 것을 통제할 수 있게 되었습니다. 옛날엔 걸리면 죽을 수밖에 없던 병들이 예방주사를 맞음으로써 병에 걸리지 않게 되고, 죽을 병인 줄 알았는데 외과의사가 수술하면 살아나기도 하고요. 이 인류의 진보가 정말 놀라운 속도라는 것이 밝혀지기 시작했어요. 사람들은 이대로 쭉 간다면 어떤 일이 벌어질까에 대해서 궁금해하기 시작했죠. 『멋진 신세계』는 가까운 미래에 대한 이야기예요. 아주 먼, 수천 년 뒤에나 있을 이야기가 아니라 가까운 미래에 이런 세계가 올지도 모른다고 하는 소설이죠.

이 소설을 썼을 때의 시대 분위기를 생각하면 상상이 되지 않나요? 『멋진 신세계』가 보여주고 있는 시대는 멋진 세계일까요, 안 멋진 세계일까요? 네, 그래요. 안 멋진 세계예요. 이름만 '멋진 신세계'예요. 이름 자체가 빈정거림이죠.

이 소설과 가장 흔하게 대비되는 소설이 조지 오웰의 『1984』예요. 『1984』는 감시하는 사회를 그립니다. 빅브라더와 텔레스크린으로 온 세상을 감시하는, 굉장히 무서운 감시사회가 펼쳐집니다. 『1984』가 몇 년도에 쓰여졌냐면 1948년에 쓰여졌어요. 1948년에 조지 오웰이 '앞으로 세상은 이렇게 될 거야'라고 예상한 거죠. 48년을 거꾸로 해서 84년, 그래서 『1984』가 된 거예요. 재미있지 않나요? 1984년은 조지 오웰에게는 미래였는데, 여러분에게는 태어나기도 전의 과거라니요!

두 작품이 다루고 있는 세계가 굉장히 다르기 때문에 많은 사람들이 이 두 작품을 비교해서 읽어요. 그러니까 여러분들이 이 강의를 듣고 나서 『멋진 신세계』를 읽어도 좋지만, 『1984』를 읽어도 괜찮아요. 둘 다 읽으면 더 좋고요.

'나만의 개성'이라는 사치

『멋진 신세계』는 인공부화 공장을 아이들에게 견학시키는 장면으로 시작합니다. 멋진 신세계에서 인간은 인공부화를 통해서 태어나거든요.

인솔자가 아이들에게 왜 인공부화가 우수한 것인지에 대해서 설명합니다. 보카노프스키법이라는 것이 개발되면서 난자 하나가 96개까지 분열될 수 있게 되었어요. 그렇게 하면 똑같은 인간이 96명이 나오는 거예요. 요즘 쌍둥이가 많아졌죠? 삼둥이도 그렇고. 이게 인공수정을 하면서부터 나타난 현상이에요. 대한민국을 떠들썩하게 한 삼둥이만 해도 놀라운데 96둥이가 태어나면 어떨까요? 일단 멋진 신세계에서는 이것이 과학의 승리라고 판단합니다. 쌍둥이끼리 마음도 잘 통하고 똑같은 점이 많잖아요. 96명의 쌍둥이가 같은 일을 하면 서로 다른 유전자를 가진 사람들보다 협업 정도가 높아지지 않겠어요?

그런데 모든 사람들이 96둥이로 태어나느냐? 그건 아닙니다. 높은 계급으로 갈수록 혼자예요. 그러니까 알파, 베타 계급은 혼자이거나 둘이고, 점점 많이 분열할수록 낮은 계급으로 들어갑니다. 96둥이들이 사회의 맨 밑바닥인 엡실론 계급을 구성하죠. 여기서 뭔가 떠오르는 게 없나요? 멋진 신세계에서는 인간이 개성을 가지는 것도 쉬운 일이 아니에요. 개성을 가지고 오직 나로 존재하는 것도 높은 계급에게만 허락되는 일이죠.

유행을 따라야 하고, 집단에서 다른 의견을 내면
왕따를 당하는 우리 사회. 저마다의 개성을 발현시키기 어렵다는 점에서
우리가 사는 세상은 『멋진 신세계』와 놀랍도록 닮았다.

신데렐라에서 왕자가 신데렐라를 어떻게 찾아요? 유리구두! 그런데 신던 신발로 어떻게 사람을 찾나요? 너도 235, 나도 235, 그러면 네가 유리구두 벗어놓고 간 거 내가 신어보고, 내가 맞네 하면서 왕자를 가로채면 어떻게 하죠? 왕자는 바보인가요? 밤새도록, 아니 밤 12시까지 얼굴 마주보고 춤췄으면 얼굴을 보고 찾아야지, 발로 찾으래요, 신발로. 왜 그랬을까요?

그 당시에는 아무도 기성화를 신지 않았어요. 다 맞춤 신발이었어요. 우리 둘이 같은 사이즈라고 해서 발이 똑같을까요? 아니에요. 사람마다 다 발이 달라요. 그러니까 맞춤형 신발은 그 사람에게만 꼭 맞는 거예요. 옛날에는 그랬죠. 그런데 헉슬리가 목격한 새로운 세상은 대량생산 사회였어요. 공장에서 똑같은 물건이 획일적으로 대량생산되는 세상이죠. 이런 사회에서는 남과 구별되는 개성을 가지는 것 자체가 엄청나게 사치스러운 일이 되어버리는 거예요.

금지된 사랑, 위험한 가족

인공부화로 아기가 태어나는 멋진 신세계에서 사람들은 어떻게 사랑을 할까요? '섹스 좋아, 사랑 안 돼, 가족은 더 안 돼.' 이게 멋진 신세계예요.

가정이란 육체적으로뿐 아니라 심리−정신적으로 더할 나위 없이 추악

한 곳이었다. 정신적으로 볼 때 가정은 비좁아 붐비는 생활의 마찰로 숨이 막히고, 감정이 악취를 뿜는 토끼 굴이요, 누추하기 짝이 없는 곳이었다. 집안 식구들 사이의 관계란 얼마나 답답할 정도로 밀착되었으며, 얼마나 위험하고, 음탕하고, 비정상적인 요소인가!

가족들만의 친밀감을 나쁘게 표현했어요. 위험하고 추잡한 관계라는 거죠. 사실 가족으로 산다는 게 그래요. 언제나 깔끔한 삶만 있는 건 아니잖아요. 생각해보면 제일 좋아하는 것도 가족이지만, 나를 제일 상처 입히는 것도 가족이죠. 난 엄마를 좋아하지만, 엄마의 한마디가 무참히 내 가슴을 난도질할 때도 많아요. 그래서 의심도 하죠? 우리 엄마가 날 주워온 것은 아닐까? 그렇지만 엄마를 좋아하잖아요. 애증이 얽히고 설키는 게 가족이에요. 어떻게 보면 참 비효율적인 거예요. 더군다나 하나의 난자로 96개의 아이를 생산하는 게 효율적이라고 보는 사회에서는 그런 머리 아픈 관계를 무엇 때문에 만들겠어요?

사랑이라는 감정도 세상천지에 그런 바보 같은 짓이 없는 거예요. 로미오와 줄리엣, 이 바보들은 사랑 때문에 죽잖아요. 정신줄을 놓지 않았다면 안 죽었을 텐데. 누군가 다른 사람이 로미오와 줄리엣을 칼로 찌르거나 한 게 아니잖아요. 사랑이 이들을 바보로 만든 거죠. 멋진 신세계의 입장에서 보면 이 얼마나 낭비인가요?

낭비적인 인물로 보자면 오셀로도 있어요. 셰익스피어의 작품 『오셀로』는 주인공인 오셀로가 질투에 사로잡혀서 사랑하는 자기 아내 데스데모나를 죽이는 이야기예요. 사랑하기 때문에 죽이는 거죠. 사랑하지 않았다면 질투도 없었을 테니까. 질투는 얼마나 낭비적인가요? 이 여자가 딴 남자 좋다면 보내주고 난 딴 여자 찾으면 되는데. 세상에는 얼마나 많은 여자들이 있는데, 오셀로같이 성공한 장군이 무엇 때문에 자기 아내한테 집착을 해서 살인범이 되고 비극으로 치닫느냐고요. 바로 사랑 때문이죠. 정말 낭비 아닌가요? 『멋진 신세계』의 주인공 존은 효율만을 추구하는 멋진 신세계에 반기를 드는 인물인데, 그가 셰익스피어를 좋아하고 특히 『오셀로』를 사랑한다는 설정이 의미심장합니다.

그래서 이 사회는 섹스만 해요. 가족을 만들 게 아니니 사랑도 필요 없겠죠? 심지어 주인공 여자가 계속 같은 남자만 만나니까 그녀의 친구가 한 남자랑 계속 노는 것은 아주 나쁜 버릇이라며 충고해요. 만인은 만인의 것이기 때문에 서로서로 공유해야지, 어떤 남자와 계속 혼자만 사귀려고 하는 건 그 사람에 대한 집착이자 소유욕이고, 그것은 사회 공동체를 위해서 옳지 않다고 보는 거예요. 친밀한 관계는 안 되고, 섹스는 그냥 즐거움을 주는 요소로만 생각하는 거죠.

너무 어린 나이의 성관계는 과거에 멋진 신세계 이전의 사회에서 대체로 금기시했었다는 설명을 하자, 멋진 신세계의 아이들이 "어떻게 그럴 수가", "그런 야만적인 일이", "그런 부끄러운 일이" 하면서 놀라는 대목도 나와요. 멋진 신세계는 아주 어린 나이부터 성적 쾌락에 탐닉하는 것을 무한대로 허용하는 사회거든요.

근심걱정 없는 순도 100퍼센트의 행복

멋진 신세계는 뭐든지 괴로운 것을 참지 말라고 하는 사회예요. 쾌락을 권장하는 곳입니다.

"자신이 해야 할 일을 사랑한다는 것—." 국장이 단호하게 힘주어 말했다. "그것이야말로 행복과 미덕의 비결이다. 불가피한 사회적인 숙명을 사람들이 좋아하도록 만드는 훈련, 모든 습성 훈련이 목표하는 바가 바로 그것이다."

자신이 해야 하는 일을 좋아하도록 만드는 일이 무엇보다 중요하다고 국장이 아이들을 견학시키면서 이야기합니다. 그것이 모든 조건반사적 훈련이 목표로 하는 것이자 행복의 비결인 거예요. 아이들이 인공부화 과정에 있을 때, 그냥 96개로 분열하고 끝내는 게 아니라 그 과정에서 계속 교육을 하는 거예요. 이를테면 태교를 하는 거죠. 인공부화실에 있으면서 장차 그들이 맡을 직업에 맞춰서. 예를 들면 로켓 조종사로 키우려는 아이들은 처음부터 일부러 자꾸 거꾸로 놔둬요. 거꾸로 선 자세를 더 편하게 느끼도록. 그러면 나중에 조종사가 되어서도 거꾸로 있는 게 좋으니까 조종사란 직업에 매우 만족하며 살게 되는 거죠.

아기가 태어난 다음에는 어떻게 교육을 할까요? 예를 들면 가장 높은 계급 말고는 책을 읽을 필요가 없어요. 장미꽃 같은 것을 좋아하는 것도 시간 낭비예요. 그냥 집단적 육체노동을 할 거니까. 그래서 꽃을 보고 기뻐할 때마다 전기충격을 줘요. 그러다 보면 자연스럽게 꽃을 안 좋아하게 되는 거예요. 책을 읽고 싶어 할 때도 마찬가지예요. 낭비 없는 삶을 살도록 조정하는 거죠.

> "어쩌다가 불운한 우발적 상황으로 오락으로 꽉 짜인 그들의 생활에 그런 시간의 공백이 생겨난다고 해도, 그럴 때는 항상 진미의 소마가 마련되어 있어서, 반공일을 위해서는 2분의 1그램, 주말을 위해서는 1그램, 화려한 동양으로의 여행을 위해서는 2그램, 그리고 달나라에서 어둠의 영원성을 누리기 위해서는 3그램만 복용하면 그만이지. 그런 휴식에서 돌아오고 나면 그들은 공백을 극복해서 견고한 땅을 밟고 안전하게, 날마다 일을 하거나 오락을 즐기고, 촉감 영화를 찾아다니며 구경하고, 발랄한 여자들을 즐기고, 전자 골프까지도…."

소마, 우울할 때는 소마를 먹어요. 『멋진 신세계』의 가장 핵심적인 단어는 소마가 아닐까요? 우리 사회에도 소마가 있죠. 우울증에 먹는 프로작 같은 약은 기분을 좋아지게 해요. 약은 아니더라도 현재의 걱정거리, 불안, 근심을 잊게 해주어서 소마와 같은 역할을 하는 것들로 또 어떤 것들이 있을까요?

 핸드폰 게임, 술, 담배….

 마약이요.

음식?

 예쁜 옷!

 쇼핑, 과소비, 일단 돈을 썼다는 충족감 같은 거요.

여러분들이 이야기한 모든 것들이 소마라고 볼 수 있어요. 당장의 근심거리를 잊고 행복하게 해주니까. 그러나 문제는 해결이 안 돼요. 어떤 때는 그것 자체가 또 다른 문제를 낳기도 하잖아요. 괴로워서 먹었더니 살이 쪘어, 그게 또 스트레스가 되죠. 아니면 괴로워서 옷 샀더니 돈이 없어, 또 스트레스가 되죠? 이렇게 다양한 소마들로 우리를 유혹하면서 현실의 근심을 잊게 하는 겁니다. 멋진 신세계에서 사람들이 기쁘게 사는 방법 중에 하나도 바로 소비예요.

> "소비를 증가시키는 데 아무런 기여도 못 하는 복잡한 경기들을 용납하는 우매함을 상상해보라고. 그건 미친 짓이야. 요즘이라면 통제관들이 훨씬 엄격한 기준을 적용해서, 최소한 기존 경기들 가운데 가장 복잡한 경기에 필요한 그런 정도의 장비를 갖추거나, 그보다 더 많은 장비가 필요하다는 사실을 증명하지 않는 한 어떤 새로운 경기도 승인하지 않을 거야."

그렇다면 소비에 기여하는 경기에는 무엇이 있을까요? 전형적으로 PC방 오락게임들이 다 그렇죠. 왜 이렇게 기업들이 기를 쓰고 만들겠어요. 돈이 되니까 그런 거죠. 소비가 필요 없는 오락은 어떤 게 있을까? 축구 같은 것 아닐까요? 공 하나만 있으면 계속할 수 있어요. 그런데 요즘은 축구하기 어려워요. 남학생들 축구 한번 해보겠다고 애걸복걸 낮은 자세로 선생님 앞에서 읍소를 해요. 그렇게 수업시간을 쪼개지 않고는 축구를 할 만한 인원을 모을 수가 없어요. 애들이 바빠지니까. 멋진 신세계에서도 마찬가지죠. 다같이 모여서 그렇게 대화하고 공 하나로 재미있게 노는 이런 게임 따위는 필요 없다는 겁니다. 사람들과의 관계를 증진시키는 거니까. 그게 아니라 '각자 알아서 재미있게 놀아, 돈 쓰면서' 그게 멋진 신세계의 모습이에요.

지금의 우리와 비슷하지 않아요? 이 소설이 재미있으면서 무서운 이유는 이거예요. 읽어보면 지금 우리랑 정말 똑같아요. 1932년에 쓴 건데 21세기 대한민국하고 너무 비슷합니다. 그러니까 진짜 공포죠. 그런 의미에서 최고의 공포소설은 드라큘라도 아니고 뱀파이어도 아닌 이 『멋진 신세계』인 거 같아요.

> "그리고 헌 옷은 누추합니다." 지칠 줄 모르는 속삭임이 계속되었다. "우리들은 항상 낡은 옷을 버립니다. 꿰매어 입기보다 버리는 편이 좋습니다. 꿰매어 입기보다 버리는 편이 좋습니다. 꿰매어 입기보다…"

멋진 신세계에서는 어렸을 때부터 계속 수면 중 교육을 시켜요. 이런 교육의 결과, 멋진 신세계에서는 낡은 옷을 수선하는 것은 부끄러운 일이라고 생각하는 사람들이 살게 되죠. 뭐든 새로 사는 것이 좋은 일이라고 생각하는 사람들이 살게 되는 거예요. 이 이야기 들으니 떠오르는 거 없나요? 바로 우리들 이야기 아니에요? 우리도 수면 중 교육을 받고 있는 거 같아요. 그래서 우리도 낡은 것은 버리고 새것을 사야 된다고 생각하잖아요. 우리가 받고 있는 수면 중 교육은 뭐가 있을까요?

외모지상주의요.

오, 그래요. 광고나 드라마는 우리에게 어떤 걸 교육해요? 뚱뚱한 건 나빠. 계속 날씬하고 예쁜 여자만 사랑을 쟁취하잖아요. 남자들도 군살 있으면 안 돼요. 늙는 것도 나쁘죠? 주인공이 되려면 젊어야 해요. 못생기면 더 나쁘죠. 가난해도 나빠요. 이런 걸 계속해서 광고와 드라마를 통해 주입하죠.

그래서 이제 우리는 뚱뚱해지지 않기 위해서 밥을 굶기도 하고, 조금이라도 예뻐지려고 바쁜 시간을 쪼개서 얼굴을 관리해요. 돈만 있다면 성형외과를 찾는 것도 나쁘지 않다고 생각하죠. 가난한 건 부끄러운 것이기 때문에 어떻게든 괜찮은 직장을 잡기 위해서 자기 계발을 해가며 노력합니다. 늙는 게 나쁘기 때문에 보톡스 맞고요.

늙는 것, 뚱뚱한 것, 이런 것 싫어하는 것은 원래부터 그런 거 아니냐고요? 절대 아니랍니다. 예를 들면 조선시대를 생각해보면 늙는 건 좋은 일이었어요. 존경받는 위치에 올라가는 거니까. 젊은 것이 권력이 없는 거죠. 뚱뚱한 것에 대해서 이야기하면 선생님이 여러분들만 할 때는 사람들의 몸매에 대해서 별로 관심이 없었어요.
특히 제일 관심이 없었던 건 얼굴 크기죠.

얼굴이 크면 좋아요, 작으면 좋아요? 입을 모아 작아야 좋다고
이야기하네요. 선생님 학교 다닐 때는 어땠을까요?

 역시 작은 얼굴?

 아니, 내 생각에는 큰 얼굴!

그럴까요? 사실은 둘 다 아니에요. 그때 나는 인간이 얼굴 크기
로 구별이 될 거라고는 꿈에도 생각해본 적이 없어요. 아무도 얼굴
크기에 관심이 없었던 거예요. 그런데 언제부터인가 얼굴 큰 것이
부끄러움이 되는 시대에 살고 있더라고요.

늙지 않는 존재란 무엇일까?

멋진 신세계는 고도로 통제된 문명사회와 야만세계로 나눠져 있
습니다. 문명사회 사람들은 마치 사파리 탐험을 가듯이 야만인들
의 세계에 관광을 가요. 특별한 체험여행인 거죠. 문명사회의 레니
나와 버나드는 야만세계 체험여행을 가서 원래는 문명사회에 살았
던 사람을 만나요. 그 사람은 무려 베타 계급 출신이에요. 그 사람
은 왜 야만세계로 가게 되었을까요? 이 사람이 임신을 했기 때문이

었어요. 문명사회에서는 임신을 굉장히 부정적으로 생각하잖아요. 아이들은 부화실에서 태어나고요. 그래서 이 여자가 야만인들의 세계로 탈출한 거죠. 문명사회에서 자신을 행복하게 만들어주던 소마를 구할 수가 없었던 이 여자는 계속 불행해하면서 근근이 살아갑니다. 베타 계급인 그녀는 야만세계로 와서 옷을 수선해서 입어야 한다는 사실에 고통을 느껴요. "수선하는 행위는 옳지 못한 것이잖아요." 소비를 부추기는 수면 중 교육 때문에 그녀는 수선하는 행위가 옳지 않다고 생각하거든요.

게다가 그녀는 옷을 꿰맬 줄도 몰라요. "누구도 내게 옷을 꿰매는 법을 가르쳐주지 않았어요." 이 사람은 수정실에서 일했기 때문에 그것밖에는 할 줄 모르는 거예요. 이것이 현대 사회의 또 하나의 특징이죠. 하나의 일만 할 줄 아는 바보가 양산되는 거예요. 우리 사회는 그런 바보들을 한 가지 일에 몰두하는 프로라고 이야기하지만, 하나밖에 할 줄 모르면 바보인 거 맞아요. 인간은 두루두루 할 줄 알아야 해요.

여기서 이 책의 압권이라고 할 수 있는 장면이 등장합니다. 문명사회의 레니나와 버나드가 인간은 인간인데 너무 괴물같이 생긴 사람이 지나가는 것을 보고 깜짝 놀라요. 그래서 여행 가이드에게 물어봐요. "저 사람은 뭐예요? 무슨 죄를 지었길래 저렇게 됐나요?" 가이드가 대답해주죠. "그 사람은 늙은 겁니다." 레니나는 단 한 번도 늙은 사람을 본 적이 없는 거예요. 이 말은? 네. 문명세계의 사람들은 늙지 않아요. 쭈욱 젊은 채로 살다가 젊은 채로 죽어요. 멋진 신세계에서는 사람들을 병으로부터 보호하고 청춘기의 균형을 유지하도록 조절하고, 젊은 피를 수혈하고 있기 때문에 사람들이 늙지 않는 거였어요.

멋진 신세계에서는 아무도 늙지 않아요. 병도 들지 않아요. 저는 이 대목이 너무 괴롭더라고요. 오랫동안 저를 괴롭혀왔어요. 『멋진 신세계』에서 나오는 수많은 일들, 인공부화, 소마, 이런 것들이 나쁜 것이라는 것은 바로 알겠는데, 늙지 않는 것, 이것은 좋은 거 아닐까? 왜 이걸 나쁘다고 하지? 여러분들은 어떻게 생각해요?

 늙어야만 느낄 수 있는 것도 있지 않을까요?

그래요. 늙어서 내가 힘이 없어지고, 세상을 더 겸허하게 받아들일 수 있을 때, 패기 넘치던 젊은 시절에 보지 못한 걸 볼 수 있죠. 고은 시인의 시에도 있잖아요? "내려갈 때 보았네 올라갈 때 보지 못한 그 꽃." 그러나 그 꽃 따위 보지 못한다고 무슨 상관? 젊으면 좋은 거 아닌가?

그런데 늙지 않는 존재가 뭘까? 늙지 않는 존재의 대표 선수는 뱀파이어예요. 다른 사람의 피를 빨아서 젊게 살죠. 스스로 자생하는 게 아니라 누군가를 착취해야 해요. 이건 마치 그 당시 식민지를 착취해서 먹고살았던 대영제국의 모습을 보여주는 거 같지 않아요? 멋진 신세계가 그렇게 사람들에게 소비를 부추기고 행복하게만 살라고 할 수 있었던 이유는 뭘까? 야만세계를 착취하고 있었기 때문에 가능한 일이 아닐까요? 자연스럽지 않다는 거죠. 모든 생명체는 태어나서 성장하고 쇠퇴하고 죽게끔 되어 있어요. 젊음을 유지시키기 위해서는 젊은 피를 수혈시켜야 한다고 하네요. 그 젊은 피는 어디에서 오는 거죠? 누구의 피일까요? 그 젊음이 그냥 온 젊음이 아니라는 거. 제국의 번영을 위해서 식민지가 있어야 하는 것처럼 말이죠.

행복의 대가

그럼 멋진 신세계 사람들은 이렇게 행복하게 사는데, 이건 공짜가 아닙니다. 그렇다면 그들은 무엇을 지불했을까요?

"델타들이 자유를 이해하리라고 기대하다니! 그리고 이제는 그들이 「오셀로」를 이해하리라고 기대하고요! 참 순진한 청년이군요!"
야만인은 잠시 침묵을 지켰다. "그렇기는 해도 말입니다." 그는 굽히지 않았다. "「오셀로」는 훌륭합니다. 「오셀로」는 촉감 영화들보다 훌륭합니다."
"그야 물론이죠." 통제관이 시인했다. "하지만 그것은 안정을 위해서 우리가 치러야 할 대가입니다. 당신은 행복 아니면 과거에 사람들이 고급 예술이라고 일컫던 것 가운데 양자택일을 해야 됩니다. 우리들은 고급 예술을 희생시켰어요. 대신 우리들에게는 촉감 영화와 냄새 풍금이 있습니다."

행복해지기 위해서 예술을 희생했답니다. 위대한 예술은 인간의 고통 속에서 탄생합니다. 인간이 고통, 불행, 슬픔, 이런 걸 모른다면 예술을 할 수가 없는 거예요. 멋진 신세계 사람들은 불행이나 슬픔을 모르기 때문에 예술을 할 수가 없어요. 그러니까 저급한 오락 영화만 남는 거죠. 많은 사람들이 즐기는 무협지 같은 저급한 오락물의 특징이 뭐냐면 고통이 없다는 거예요. 주인공들이 말도 안 되게 쉽게 고통을 극복해요. 무협지의 주인공은 태어날 때부터 내공을 타고나잖아요. 로맨스 소설을 보면 여자는 예쁘고, 남자는 멋지고 잘생겼어요. 남자는 특별한 이유도 없이 여자를 죽을 것처럼 사랑해요. 그들은 장애를 쉽게 극복하고 언제나 해피엔딩으로 끝나요. 드라마들도 그렇죠. 우리에게 위안만을 주는 건 그렇습니다. 그런데 삶을 되돌아보게 하는 진짜 예술작품들은 다릅니다. 예쁘고 귀엽게 만들어진 팬시 상품을 예술이라고 하지 않는 이유는 그것은 그냥 예쁘기만 하기 때문이에요. 그러나 위대한 예술가의 작품은 다르죠.

마찬가지로 인간이 불행하지 않다면, 고통스럽지 않다면, 절망을 느껴본 적이 없다면, 종교도 필요 없겠죠. 이런 것들을 희생했다는 거예요. 올더스 헉슬리가 생각할 때는 이런 것들이 인간을 인간이게 하는 중요한 가치들인데, 그걸 다 놓쳐버리고 당장의 쾌락만 찾고 있는 것은 아닌가 하고 우리들에게 문제 제기를 하는 겁니다.

그런데 이렇게 쾌락을 찾는 사회에서도 신을 믿어요. 이들이 믿는 신은 포드님. 포드 자동차의 그 포드예요. 십자가 대신 T자가를 숭배해요. 포드가 처음 만든 자동차 모델이 T형 모델이거든요. 그래서 무슨 이야기를 할 때 "포드님도 알아주실 거야" 하면서 T자를 그어요, 십자가 긋듯이. 종교가 있긴 있지만, 대량생산을 숭배하는 거죠. 물질만능의 사회니까. 그런데 T자는 십자가에서 뭐가 빠진 거죠? 머리가 없죠. 머리가 댕강 잘려나간 사회, 몸뚱이만 있는 사회. T자는 그런 것을 상징하는 것 아닐까요?

야만세계에서 날아와서 문명세계를 혼란스럽게 만든 야만인 존은 『오셀로』를 너무 사랑해요. 오셀로는 아내를 질투 때문에, 사랑하기 때문에 죽여요. 인간 감정 낭비의 극한을 보여줍니다. 왜 하필 야만인 존은 셰익스피어를 사랑하고 그 중에서 『오셀로』를 사랑했을까 생각해보세요. 올더스 헉슬리가 야만인 존이 뭔가 예술을 사랑하게 하고 싶었는데 그 중에 하필 셰익스피어였던 이유가 뭘까요? 작가가 그런 설정을 그냥 하는 게 아니거든요. 올더스 헉슬리는 영국 사람이에요. 영국이 낳은 가장 위대한 작가의 작품을 사랑하게 한 거예요. 게다가 셰익스피어 작품의 특징이 뭐예요? 페이지마다 격정이 넘쳐나요. 밋밋한 인물이 하나도 없어요. 로미오와 줄리엣은 한 번 보고 사랑에 빠져서 바로 목숨을 걸죠. 오셀로도 데스데모나가 자기를 배신하고 딴 남자를 사귀는 거 같다는 느낌을 받자마자 질투 때문에 정신을 잃어서 바로 죽여요. 네, 이게 특징이에요. 격정, 감정의 낭비. 그러나 거기에 예술이 있다는 거죠.

멋진 신세계의 특징은 홀로 있거나, 자기만의 애인을 가지거나, 자기만의 가족을 가지거나, 자기 혼자만의 세계를 가지는 것을 나쁘다고 이야기해요. 홀로 있지 못하는 게 멋진 신세계의 가장 큰 특징입니다. 혼자 존재할 수 없다면, 책 읽기도 없고 글쓰기도 없고 예술도 없어요. 자기만의 세계가 없는 거죠. 자기만의 시간이 없다면, 계속해서 휩쓸려 다니면서 교육을 받고, 사회가 제공하는 오락만을 즐긴다면, 내가 없는 거나 마찬가지예요.

멋진 신세계는 사람들이 나를 찾아가면서 서로 다른 생각을 할 때 나타나는 비효율을 금지하고 싶은 겁니다. 사람들이 똑같으면 지배자는 정말 편하지 않겠어요? 어쩌면 개성은 사치스러울뿐더러 위험한 일이에요. 그러니까 여러분들이 책을 읽고 혼자 생각하고 혼자만의 개성을 찾아나가는 건 굉장히 힘센 무기를 가지게 되는 거예요.

우리는 불행해질 권리가 있다

야만인 존은 불행해질 권리를 요구합니다. 아까 이야기했죠. 멋진 신세계에서는 아무도 늙지도, 병들지도, 우울해하지도 않아요. 다 행복해요. 그런데 "이건 아니다. 난 불행해질 권리를 요구한다"라고 야만인 존이 말하죠.

"나는 불행해질 권리를 주장하겠어요."

"늙고 추악해지고 성 불능이 되는 권리와 매독과 암에 시달리는 권리와 먹을 것이 너무 없어서 고생하는 권리와 이 투성이가 되는 권리와 내일은 어떻게 될지 끊임없이 걱정하면서 살아갈 권리와 장티푸스를 앓을 권리와 온갖 종류의 형언할 수 없는 고통으로 괴로워할 권리는 물론이겠고요."

한참 동안 침묵이 흘렀다.

"나는 그런 것들을 모두 요구합니다."

"너의 행복이 무엇을 대가로 하는지 알고 있다면, 네가 지금 그렇게 소마로 얻은 행복으로 행복해하고 있는 게 공짜가 아니라 아까 말했던 그 모든 것들을 포기하면서 얻는 것이라면 다시 생각해봐야 되지 않겠니?" 야만인 존이 말하고 싶은 것은 이런 게 아니었을까요? 공짜는 없잖아요. 뭐든지 대가를 치러요. 인간의 본연에 보다 가까워질 수 있다면, 위대한 인간의 정신세계에 접근할 수 있다면, 사람을 사랑할 수 있게 된다면, 그건 불행을 기꺼이 감당할 수 있는 이유가 될 수 있다는 거죠.

사랑은 엄청난 희생이면서 감정의 낭비라고 그랬죠. 그걸 할 수 있으려면 행복하지 않아야 돼요. 그 사람이 없다면 끔찍하게 불행할 것 같은 그런 마음, 그 사람의 마음을 얻지 못해서 가슴이 갈라질 것 같은 고통을 소마 한 알로 상쇄할 수 있다면, 난 사랑할 수 없어요. 야만인 존이 말한 불행해질 권리란 인간답게 살 권리, 사랑할 권리가 아닐까요?

불행을 허락하지 않는 사회도 작가들이 생각할 때는 굉장히 공포스러운 사회였나 봐요. 그래서 불행을 허락하지 않는 사회를 다룬 작품들이 많습니다. 혹시 『초콜릿 레볼루션』이라는 책 봤어요? 어린이 책인데, 이 책에 등장하는 사회는 초콜릿을 금지해요. 몸에 해로우니까 건강식품만 먹으라는 거죠. 건강을 해치는 것은 아주 나쁜 것이니까. 그러나 초콜릿이 건강에 안 좋은 건 사실이지만, 초콜릿 한 조각이 주는 행복도 무시할 수 없죠. 사람들이 반란을 일으켜요. 레볼루션, 즉 혁명이죠.

『어떤 소송』에서 그리는 사회는 아프면 체포되어서 재판을 받고 처벌을 받는 사회예요. 주인공은 동생의 죽음으로 상심한 탓에 건강을 해쳤기 때문에 재판을 받죠. 이런 사회에서는 담배를 피우면, 바로 처벌당하겠죠. 그렇게 건강을 해치는 행동을 자발적으로 한다는 건 있을 수가 없는 일이니까.

그러나 어떻게 우리가 좋은 일들만 하고 살겠습니까? 해로운 일들이 주는 즐거움이 있잖아요. 저는 인간이라는 게 불행과 맞서기도 하고 때로는 불행을 껴안으면서, 그렇게 살면서 서서히 완성되어가는 존재라고 생각해요. 내가 내내 행복하고 만족스럽기만 했다면, 아픈 누군가를 돌아보지 못했을 거 같아요. 연민하는 마음, 공감하는 마음, 이런 게 안 생겼을 거 같아요. 그런데 인간이 지금 이렇게 인간일 수 있는 이유는 다른 사람의 고통과 아픔에 공감하는 능력이 있기 때문이에요. 다른 사람의 아픔을 상상할 수 있는 능력이 있기 때문이죠. 예를 들어 내가 A 때문에 불행했다면, 불행했던 경험이 있기 때문에 B 때문에 불행한 다른 사람에게 공감할 수 있어요. 그런데 한 번도 불행이란 걸 경험해본 적이 없는 사람은 다른 사람의 고통에 공감을 못하죠. 공감할 수 있기 때문에, 타인의 고통에 공감하기 때문에, 타인에게 고통을 줘서는 안 된다는 생각을 하게 되고 그 기초 위에서 인간 사회의 질서를 구축해온 거죠.

불행을 모르는 사람이 제일 무서워요. 실패를 모르는 사람도 무서워요. 생각해보세요. 한 번도 실패해보지 않은 분이 부모님이다, 한 번도 실패해보지 않은 사람이 여러분들의 선생님이다. 암울하죠? 그래서 내 곁에 있을 사람은 한 번도 불행해보지 못한 사람, 한 번도 실패해보지 못한 사람이 아니라, 실패도 해보고 불행해보기도 하고 절망도 하고 좌절도 했으나 그걸 껴안고 그냥 지금 그대로 가고 있는 사람이었으면 좋겠어요. 인간은 불행과 같이 있기 때문에 그래서 인간인 거라고 『멋진 신세계』는 우리에게 말해주고 있습니다.

어쩌면 우리의 현재, 디스토피아 소설

우리 앞에 어떤 미래가 펼쳐질까 궁금해한 적이 없는 사람은 없을 것이다. 장 밋빛 유토피아를 예견한 사람들도 많지만, 실은 아주 암울한 미래가 펼쳐질 것이라는 예상을 한 사람들도 많다. 디스토피아 소설들이 그려내는 어두운 미래를 만난다고 너무 절망할 필요는 없다. 지금 이대로 간다면 이렇게 될 것 이라는 이야기이니, 디스토피아 소설들의 경고에 귀 기울이면서 지금 우리의 행보를 달리하면 되는 것이다. 제발 그렇게 하자고, 많은 대가들이 디스토피 아 소설을 썼을 것이다.

●

『1984』　조지 오웰 지음, 김기혁 옮김, 문학동네

빅브라더가 나의 일거수일투족을 감시하는 세상. 언론을 통제 하고 사상을 검열하는 세상. 일기, 우정, 사랑 등 사적인 영역 을 모두 부정하는 세상이 『1984』가 그리는 미래다. 조지 오웰이 1948년에 이 소설을 발표하면서 48을 뒤집어 84를 제목으로 붙 였다고 한다. 그때는 1984년이 꽤 먼 미래라고 생각했을 테니까. 이미 1984 년은 과거가 된 지 오래이지만, 『1984』가 보내는 경고는 현재 진행형이다.

●

『나를 보내지 마』 가즈오 이시구로 지음. 김남주 옮김. 민음사

유전자 복제를 둘러싸고 세상이 떠들썩하다. 유전자 복제 기술이 발전하면 치명적인 질병이나 부상으로부터 인류를 구원할 수 있고, 더 많은 풍요를 누릴 수 있다고는 하지만, 그것은 생명의 질서를 거스르는 일이며 인류의 멸망으로 이어질 것이라는 우려의 목소리도 높기 때문이다. 『나를 보내지 마』의 등장인물들은 클론이다. 본체가 병에 걸려 장기 이식이 필요할 때에 대비해서 만들어진 복제인간인 것이다. 이들은 자신이 어떤 존재인지, 어떤 운명이 기다리고 있는지 알지 못한다. 인간의 유전자를 그대로 복제해서 태어난 이들은 과연 인간일까? 2016년에 이 책을 원작으로 한 드라마가 일본에서 제작되었다.

●

『화씨 451』 레이 브래드버리 지음. 박상준 옮김. 황금가지

『화씨 451』의 주인공 직업은 방화수(fireman)다. 원래 fireman은 소방관, 즉 불을 끄는 사람을 말하는데, 소설 속에서는 불을 붙이는 일을 한다. 정확히는 책을 불태우는 일을 하는 것. 레이 브래드버리는 책이 금지된 가까운 미래를 상상하고 있다. 책이 금지된 세계라니, 책을 쓰는 일을 직업으로 하는 작가들에게나 디스토피아지 보통 사람들에게는 유토피아 아닌가? 이걸 왜 디스토피아 소설에 넣었지? 이런 의문을 품는 친구들에게 특별히 이 책을 권한다. 제목의 '화씨 451'은 책이 불타는 온도를 의미한다. 『1984』도, 『멋진 신세계』도, 방식은 다르지만 책을 금지하는 세계를 그리고 있다는 점을 생각하면 의미심장하다. 책을 불태우지 않아도 아무도 책을 읽지 않는 이 시대는 이미 디스토피아가 아닐까?

책으로
사랑을 배우다

『사랑의 기술』

에리히 프롬 지음, 황문수 옮김, 문예출판사

3종 세트 책 읽기

제가 에리히 프롬을 정말 좋아해요. 그래서 혼자 이름을 붙여보았어요. 에리히 프롬의 3종 세트라고. 『자유로부터의 도피』, 『소유냐 존재냐』, 『사랑의 기술』.

제가 좋아하는 3종 세트가 몇 가지 더 있어요. 재레드 다이아몬드의 3종 세트. 『문명의 붕괴』, 『제3의 침팬지』, 『총, 균, 쇠』. 제레미 리프킨의 3종 세트도 있어요. 『노동의 종말』, 『소유의 종말』, 『육식의 종말』. 한 사람의 책을 한 권만 읽어보는 것도 괜찮지만 이렇게 쭉 연달아서 그 작가의 사색의 궤적을 따라가면서 읽어보면 또 그 맛이 기가 막힙니다.

3종 세트 책 읽기는 주제에 따라서 책을 읽을 때도 유용합니다.

전염병 3종 세트라면 알베르 카뮈의 『페스트』, 서머싯 몸의 『인생의 베일』, 주제 사라마구의 『눈먼 자들의 도시』. 죽지 않는 3종 세트라면 주제 사라마구의 『죽음의 중지』, 시몬 드 보부아르의 『모든 인간은 죽는다』, 버지니아 울프의 『올란도』. 어떤 주제이건 3권 정도의 책을 읽고 나면 그 주제에 대해 할 말이 생겨요. 여러분들에게 3종 세트 책 읽기를 권하면서 오늘 이야기 시작하겠습니다.

에리히 프롬 3종 세트 중 『사랑의 기술』을 고르게 된 이유를 먼저 이야기할게요. 사실은 제가 여러분만 할 때 이 책을 처음 읽었어요. 언니의 책꽂이에 꽂힌 책을 몰래 읽었죠. 그렇다면 나는 10대 때 언니의 책꽂이에 꽂힌 수많은 책 가운데 왜 이 책을 뽑아 들었을까요?

 첫사랑?

 좋아하는 남자애가 있어서?

 사랑이 궁금해서?

 모태솔로여서?

저는 여고를 나왔으니 모태솔로였죠. 사랑에 대해서 궁금했기 때문에 온갖 연애소설들을 섭렵하고 있었죠. 그리고 야한 소설들도. 근데 야한 소설을 어디서 구하겠어요. 그때는 인터넷 소설도 없었는데. 그래서 완전 야하다는 소문을 듣고 『채털리 부인의 사랑』을 읽었어요. 간통에 대한 이야기라고 하니까 야한 내용이 나올까 하고 『주홍글씨』도 읽었어요. 그런 때였으니 『사랑의 기술』이라는 제목을 보고 완전히 꽂혔죠. 결론은? 완전 실망이었어요. 내가 원하는 건 기술이었는데, 철학을 이야기하는 책이더라고요.

20대에 다시 이 책을 읽으면서 놀라운 사실을 알았어요. 영어 제목이 'The Art of Loving'이었던 거예요. '기술'이 테크닉technic이 아니었던 거죠. 요즘 표현으로 하자면 '미끼를 덥석 물었던' 거예요. 지금도 많은 이들이 『사랑의 기술』을 뽑아 들고 더없이 실망합니다. 처음부터 끝까지 테크닉을 찾을 수가 없기 때문에. 이게 테크닉인 줄 알고 읽었던 그 시절이 바로 여러분 나이였던 것이 떠올라 에리히 프롬 3종 세트 중에 『사랑의 기술』을 뽑았습니다.

에리히 프롬은 독일인이면서 유대인이에요. 정신분석학자이면서 사회학자이자 사상가예요. 사회학, 심리학, 그 중에서도 정신분석학, 정말 다양하게 공부했어요. 그리고 나중에 미국으로 망명을 했기 때문에 더 유명해지지 않았을까 싶고. 미국 학계가 이토록 번성할 수 있었던 이유는 사실은 독일에서 유능한 학자들이 미국으로 망명했던 덕분입니다. 유능하고 똑똑한 사람들은 나치즘에 반대할수밖에 없었고, 그 학자들이 다 쫓겨나서 미국으로 간 거죠. 그런 일은 역사상 여러 번 있었어요. 예를 들면, 이슬람 세계가 망하면서 뛰어난 이슬람 과학자들이 그 혼란을 피해 유럽 쪽으로 도주해서 이탈리아 르네상스에 영향을 미친다든지. 말하자면 이주자를 친절하게 받아들이는 나라는 발전할 수밖에 없는 거예요. 우리가 낯선 곳에서 온 이방인들을 환대해야 하는 이유가 여기에도 있어요.

그들은 과연 행복했을까?

여러분들한테 한번 물어보고 싶습니다. 그들은 행복했을까? 로미오와 줄리엣. 만나자마자 사랑에 빠져요. 사랑에 빠지는 데 24시간도 걸리지 않았죠. 그냥 무도회에서 바로 눈이 맞고, 그래서 그날 밤에 창문 밑에서 로미오가 어쩌구저쩌구 하고 창문을 타고 올라가고, 유모의 눈을 피해서 "오, 로미오. 왜 당신은 로미오이신가요?" 뭐 이러면서 난리를 치고, 사랑하고, 며칠 뒤에 서로 헤매다가 죽고, 끝. 그렇죠. 엄청난 대소동이었어요. 로미오와 줄리엣, 영화 카피가 그거예요. "이보다 강렬한 사랑을 보았는가." 나이도 엄청 어렸어요. 열다섯, 열여섯, 여러분 또래였죠. 불같이 사랑에 빠져서, 자신들의 사랑을 반대하는 것들을 피해서 도망가려고 하다가 불운에 의해서 둘 다 목숨을 잃고 말죠. 그때 목숨을 잃지 않고 살아서 이들이 계속 만났다면 행복했을까요?

 성격 차이로 깨질 거 같아요.
 그냥 처음에 만난 지 얼마 안 됐는데 판단할 수 있는 건 외모밖에 없잖아요. 외모 때문에 서로 끌렸는데 성격이 안 맞을 수 있잖아요.

제가 보기에 두 사람 모두 성격이 급한 편인 거 같아요. 그야말로 번갯불에 콩 구워 먹듯, 마파람에 게 눈 감추듯 말이죠. 좀 힘들었을 거 같아요. 이혼까진 모르겠지만 어쨌든 쉽지 않았을 거 같은 게 딱 느껴지죠?

 그리고 가족들을 등지고 만난 거니까 경제적으로 어려워서 고생했을 것 같아요.

태어날 때부터 부잣집 도련님, 부잣집 아가씨였는데 밑바닥부터 다시 시작하게 됐으니 상대방을 원망하게 될 수도 있겠네요.

 뭐 할 줄 아는 게 있어야 먹고 사는데….

그러게 말이에요. 뭐 할 줄 아는 게 있어야 하는데…. 그러고 보니 참 어렵네요. 사랑의 대명사 중에 피그말리온도 있어요. 피그말리온이 자기가 만든 조각상을 너무도 사랑하니까 아프로디테가 조각상에 생명을 불어넣어줍니다. 그래서 진짜 여자 사람이 돼요. 프랑스 화가 장 레옹 제롬의 그림을 보면, 조각상의 밑부분은 아직 대리석인데 위는 점점 분홍색으로 혈색이 돌기 시작합니다. 다리는 아직 대좌 위에 있고 몸만 이렇게 기울여서 뽀뽀를 하고 있죠. 위만 움직이는 거예요. 막 사람이 되려는 찰나를 포착한 그림입니다. 나는 항상 궁금했어요. 피그말리온은 좋았겠지. 그런데 이 여자도 좋았을까? 전 그게 늘 궁금한 거예요.

아빠 같은 기분이 들었을 거 같아요. 날 만들어준 사람이잖아요. 그리고 계속 다정하게 대해주는 건 우리 아빠도 그러잖아요.

그냥 아빠로만 느껴지고 진짜 사랑으론 안 느껴질 거 같아요. 그냥 고마운 사람?

창조주?

피그말리온도 점점 실망하지 않을까요? 내가 생각했던 이상형이랑 점점 달라지는 그런 느낌.

나한테 "네, 네" 이럴 줄 알았는데 "어디서 뭐 하고 왔어요?" 이럴 수도 있잖아요.

아, 그렇네. 힘드네. 쉽지 않아. 살다 보면 뺨의 분홍색 혈색도 사라지고, 주름살도 생길 거고, 생기도 잃어갈 거고, 몸매도 망가질 거고, 그래도 계속 사랑할 수 있을까?

그럼, 신데렐라는 행복했을까요?

왕자니까 또 새로운 공주를 구하지 않을까요? 첩으로?

예뻐서 뽑은 거잖아요. 그러니까 또 다른 무도회를 열면서 예쁜 애를 또….

무도회마다 한 명씩 다!

잘생긴 애들이 생긴 값을 하잖아요.

암살당할 수도 있겠다, 그러면. 신데렐라가 왕비 같은 거 하

꿈에 그리던 여인과 연인이 되는 행복한 순간을 포착한 그림이다.
그러나 현실은 동화 같지 않다는 걸 알기에 우리는 이 그림 속 연인에게
묻지 않을 수 없다. '그 후 두 사람은 행복했나요?'라고.

장 레옹 제롬, 〈피그말리온과 갈라테이아〉, 캔버스에 유채, 1890년경, 메트로폴리탄 미술관 소장

다가.

잠자는 숲 속의 공주는 어땠을까? 100년 동안 잠들어 있다가 깨어나거든요. 아, 그러니까 여기 나온 왕자는 자기보다 100살 많은 여자랑 결혼한 거야, 한마디로 말해서. 잠자다 그대로 깨어났으니 젊음은 유지하고 있을지 모르겠으나 100년 동안 세상이 많이 변했을 거 같아요. 그리고 100년 동안 잠자고 있는, 식물인간 상태의 여자에게 뽀뽀를 하려고 생각하는 남자도 정상은 아닌 거 같죠?(웃음)

뜨거운 사랑으로 유명한 이 커플들을 떠올리며 '그들은 행복했을까?'라는 질문을 던져보게 됩니다. 그들은 쭉 계속 그 마음으로 사랑했을까? 그들은 그 뜨겁고 불같았던 사랑을 계속 간직하면서 행복하게 살 수 있었을까? 여러분들은 서로의 기대가 어긋나고 뭔가 원하는 것이 서로 같지 않으면서 벌어질 여러 가지 일들을 자연스럽게 예상하고 있죠. 현실은 동화와 같지 않다는 걸 너무나 잘 알고 있는 거예요.

사랑이란 운명일까, 기술일까?

지금부터 '사랑이란 ○○○이다'라는 문장을 완성해서 저에게 문자를 보내주세요. 그리고 각자 이유를 들어볼게요.

문자1 "사랑이란 사랑하는 그 잠깐 동안의 환각, 환상이다."

어, 왜냐하면 아무리 사랑하고 우리 결혼하자 해서 결혼했어도 나중에 언젠가 십 년, 이십 년 후에는 그동안 사랑이 식었을 수도 있고 아니면 그대로 계속 사랑하는 사람도 있겠지만 아닌 사람도 있을 거 같아서요. 그리고 또 맨날 그 사람을 좋아할 수 있는 게 아니고, 싫어할 수 있고 미워할 수도 있지 않을까요.

문자2 "사랑이란 삶이다."

남녀 간의 사랑뿐만 아니라 엄마 아빠도 사랑하고 친구도 사랑하고 선생님도 사랑하고. 사랑이 없으면 살 수 없을 거 같아요.

문자3 "사랑이란 아낌없이 주는 것이다."

제가 사랑을 안 해봐서 모르는데 제가 겪어본 사람은 가족들이잖아요. 그래서 가족들은 다 사랑하면 아낌없이 주는 거 같아요. 저도 내가 먹고 싶은 거 참고 누구 주고 이런 거처럼.

문자4 "사랑이란 식물이다."

너무 관심을 기울이고 물을 많이 주고 햇빛 같은 걸 많이 주면 오히려 썩어서 죽어버리잖아요. 너무 많이 줘도 버거워지고 그렇다고 너무 조금 주면 결핍돼서 또 죽어버리니까 식물과 비슷하다 생각해요.

문자5 "사랑이란 하얀 도화지다."

사랑을 하다 보면 어떻게든 까만 칠을 하든 하얀 칠을 하든 지저분해서 꽉 차게 돼요, 하얀 도화지가. 나쁜 거든 좋은 거든.

문자6 "사랑이란 희생이다."

내가 사랑하는 사람을 위해서 잘해주고 싶고 아니면 그 사람이 아프면 대신 아프고 싶고 위로해주고 싶고 이런 거요. 그래서 희생이라고 생각해요.

여러분들이 지금 사랑에 대해서 얘기할 때, "도화지다", "환상이다"라고 말한 사람이 머릿속에 지금 떠올리고 있는 사랑과, "주는 거다", "희생이다", "삶이다"라고 말했을 때의 사랑이 좀 다르다는 걸 알겠죠? 에리히 프롬은 바로 그것을 구별해내면서 이야기를 시작합니다. 에리히 프롬이 던진 첫 번째 질문은 이것입니다. '사랑은 기술인가, 운명인가?'

기술이라면 배울 수 있겠죠. 운명이라면 그건 내 팔자니 어찌할 수가 없는 거예요. 여러분들 생각엔 어떤 거 같아요?

 운명이요. 운명. 완전 운명이요.

 팔자요.

 어떤 사람한텐 기술이고, 어떤 사람한텐 운명이지 않을까요?

누군가에겐 기술, 누군가에겐 운명? 그럼 누구에게 기술이야?

 바람둥이요.

그럼 누구에게 운명이야? 로미오와 줄리엣에겐 운명이고 나에겐 기술일까?

 완전 운명.

사랑에 대한 세 가지 오해

사랑에 대해서 사람들이 오해하고 있는 세 가지가 있는데, 이 세 가지 때문에 사람들은 사랑에 대해서 운명인지 기술인지 헷갈려 한다는 거예요. 첫 번째 오해, 사랑을 사랑받는 문제로 오해합니다.

우리는 사랑에 성공했다고 하면, 그건 사랑을 받는 데 성공했다는 의미로 받아들이죠. 사랑을 많이 주고 있는 상태를 사랑에 성공한 상태라고 생각하지 않아요. 사람들은 주는 사랑은 외면하고, 받는 사랑만 생각합니다. 그러다 보니 어떤 현상이 나타날까요?

> 남자들이 특히 애용하는 방법은 성공해서 자신의 지위의 사회적 한계 가 허용하는 한 권력을 장악하고 돈을 모으는 것이다. 그리고 특히 여성 이 애용하는 또 한 가지 방법은 몸을 가꾸고 치장을 하는 등 매력을 갖 추는 것이다.
>
> 남녀가 공용하는 또 한 가지 매력 전술은 유쾌한 태도와 흥미 있는 대 화술을 익히고 유능하고 겸손하고 둥글둥글하게 처신하는 것이다.

사랑받기 위해서 사람들이 엄청 애쓴다는 거예요. 그래서 자신의 매력을 키워나가려고 애쓰는데, 특히 여기서 얘기하는 건 성적 매력입니다. 남자들은 성적 매력이 외모에서만 오는 게 아니라 특히 사회적 지위나 권력에서 나온다고 생각한다는 것이죠. 그래서 많은 사람들이 그런 걸 가꿔나가려고 한다는 거예요.

두 번째 오해, 사랑을 대상의 문제로 오해하는 경우입니다. 수많은 노총각 노처녀들이 이렇게 생각합니다. '내가 아직 운명의 짝을 못 만났을 뿐이야.' 그런데 내가 운명의 짝을 만나지 못했다고 믿고 있는 한 그 어떤 사람을 만나도 사랑을 이루기는 어렵다는 거예요. 왜냐하면 내가 생각하는 이상형의 그 사람은 현실에 존재할 가능성이 적고, 또 이상형인 그 사람이 나를 이상형으로 삼을 가능성 또한 적으니까요. 한번 주변의 친구들을 보세요. 계속 사랑하는 사람이 있고, 계속 짝사랑만 하는 사람이 있고, 한 사람하고 계속 사귀는 사람이 있고, 아마 여기에 있는 대다수에 해당하겠지만, 계속 솔로인 사람도 있죠. 여기서도 알 수 있어요. 성향이에요, 사랑에 빠지는 성향. 짝사랑하는 성향인 사람은 내가 짝사랑하던 그 사람이 나한테 고백을 해오면 그 사랑은 끝나요. 저런 놈 만나서 그렇게 고생을 했으면 딴 놈이랑 만나야 될 거 같은데, 예를 들면 철수랑 사귀어서 고생했으면 그다음엔 다른 타입의 상대를 만나야 되는데 철수 클론 같은 사람을 만나고 있잖아요? 심지어 철수를 다시 만나기도 하고. 헤어지는 것도, 불화가 생기는 것도 늘 같은 이유예요. 대상의 문제가 아니라는 거예요. 사랑할 만큼 준비되어 있지 않으면 사랑할 수 없다는 거죠. 아니면 한동안 잠시 사랑에 빠질 수는 있으나 사랑을 지속해나가기는 어려운 거예요.

세 번째, 제일 많이 하는 오해죠, 최초의 경험. 로미오와 줄리엣이 눈이 맞았던 그 경험, 시체임에도 불구하고 백설공주에게 한눈에 반했던 그 경험, 무도회에서 하룻밤 춤췄을 뿐인데 영원히 잊지 못할 것같이 괴로웠던 그 경험. 자, 그런 경험들, 그러니까 폴링 인 러브falling in love 개념과 내가 지속적으로 사랑하고 있는 상태를 서로 헷갈리고 있다는 거예요. 폴링 인 러브는 하나의 계기는 될 수 있을지 모르지만 지속된다는 보장이 없어요. 그런데 프롬에 따르면 사랑은 지속이라는 거죠.

이러한 형태의 사랑은 본질적으로 오래 지속될 수 없다. 두 사람이 친숙해질수록 친밀감과 기적적인 면은 점점 줄어들다가 마침내 적대감, 실망감, 권태가 생겨나며 최초의 흥분의 잔재마저도 찾아보기 어렵게 된다. 그러나 처음에 그들은 이러한 일을 알지 못한다. 사실상 그들은 강렬한 열중, 곧 서로 '미쳐버리는' 것을 열정적인 사랑의 증거로 생각하지만, 이것은 기껏해야 그들이 서로 만나기 전에 얼마나 외로웠는가를 입증할 뿐이다.

그 사랑이 강렬하면 강렬할수록 그것이 입증하는 것은 그를 만나기 전에 얼마나 외로웠던가를 보여준다는 거죠. 계속해서 또 사귀고 또 사귀고 또 사귀고. 어, 쟤는 왜 저러지? 그리고 3개월 만에 헤어졌는데 잠깐 쉬지도 않고 또 사귀고 무덤에 풀도 마르기 전에 자꾸 사귀어. 그런 걸 보면 이상하다고 생각할지 모르겠지만 그런 사람은 많이 외로운 거예요. 외로움이 깊으면 깊을수록 이것을 보상하기 위한 더 강렬한 감정을 원하게 됩니다.

어떤 운명적인 대상을 만나서 풍덩 사랑에 빠지고 내가 그 사람으로부터 듬뿍 사랑을 받을 그런 운명이란 건 사실 그렇게 쉽지 않고 사랑이 그렇게 되는 것도 아니다, 라고 한다면 사랑은 운명이라기보다는 오히려 기술의 측면이 강하다는 거예요.

운명이 아니라 기술이라니까 너무 실망스럽나? 아니죠. 이제 우리에겐 가능성이 생긴 거예요. 운명은 연습하거나 공부하거나 연마할 수 없지만 사랑은 기술이라는 걸 알았으니 우린 열심히 연습해서 좋은 사랑에 도달할 수 있게 된 거예요.

사랑이 기술이라면 우리는 무엇을 배워야 할까?

배울 때 제일 중요한 건 적어도 그걸 배우는 순간에는 이걸 잘하는 게 나의 집중적인 목표가 되어야 한다는 겁니다. 자전거를 배울 때도, 두 바퀴로 되어 있는 가느다란 게 어떻게 똑바로 서요? 이게 속도가 붙어서 앞으로 가면 서게 되어 있죠. 속도가 있으면 쓰러지지 않는다, 이걸 배우고 그 말에 속아서 믿음을 가지고 올라타고, 그리고는 연습을 하죠. 연습할 때 머릿속으로 잡생각을 하면 배울 수 없어요. 그 순간에는 자전거에 죽기 살기로 매달려야만 배울 수 있어요. 수영을 배울 때도 수영에 대해서 죽기 살기로 매달려야만 배울 수 있어요. 그러니까 사랑을 배우는 것도 마찬가지겠죠. 사랑의 이론과 사랑의 실천을 습득하되 특히 내가 이걸 잘해야겠다는 목표도 가지고 있어야 되는 거예요. '내가 좋은 사랑, 진짜 사랑을 해야겠다'라는 생각이 있을 때 사랑의 기술을 습득할 수 있다는 거죠.

에리히 프롬은 묻습니다. 우리는 외국어도 배우고, 체육도 배우고, 음악도 배우고, 미술도 배우고, 엄청 많이 배우면서, 왜 사랑에 대해선 배우지 않는가? 아무도 사랑에 대해 가르치지 않고 아무도 배우려 하지 않는가?

인간은 다 사랑하고 싶어 해요, 어떤 형태로든. 그러니까 남녀 간의 사랑만이 아니라 어떤 형태로든 우리는 사랑하고 사랑받고 싶죠. 부모님이 나를 쳐다보지도 않는다고 생각해봐요. 갑갑하죠. 학교에서 친구들이 다 나를 본 척도 안 해. 학생들이 학창시절에 제일 무서워하는 건 그거잖아요. 생각만 해도 공포죠. 그게 왜 공포스러울까요? 사랑받지 못한다는 게 딱 드러나니까. 인간은 원래 사랑받아야 살 수 있는 존재예요.

인간의 존재 자체가 어머니의 몸으로부터 분리되고 자연으로부터 분리되고, 그러면서 인간은 지구상 모든 생명체 중에서 스스로에 대해서 돌아볼 줄 아는 유일한 존재입니다. 내 삶이 유한하다는 것도 알아요. 어린 아기는 사랑을 갈구하지 않아요. 사랑은 자연스럽게 주어지는 거라고 생각하지. 그런데 나에 대해서 생각하기 시작하면서 점점 사랑에 대해서 생각하고 그걸 더 필요로 하는 거예요. 내가 죽을 운명이고, 죽을 때 반드시 혼자라는 것, 나라는 존재에 대해서 생각하면 생각할수록 함께 할 수 있는 것이 없고, 외로운 벌판에 혼자 서 있는 사람처럼 결국은 내가 이 생을 혼자 짊어지고 가야 한다는 사실을 누구나 압니다. 그럴 때 내 손을 잡아주는 사람이 한 사람이라도 있다면 얼마나 좋을까? 그러니까 우리는 사랑하고 싶어요.

사이비 합일의 세 가지 유형

그런 의미에서 사랑이란 건 결합인데, 현대 사회에서는 진짜 사람이랑 사랑하지 않아도 다음과 같은 몇 가지 방법으로 합일을 이루려고 한다고 합니다. 그 첫 번째, 집단과의 일치에 바탕을 둔 합일이 어떤 건지 볼까요?

분리되지 않으려는 욕구가 얼마나 절실한가를 이해한다면, 남과 다르다는 데서 느끼는 공포, 군중과 약간 떨어져 있다는 데서 느끼는 공포가 얼마나 강력한가를 이해할 수 있다. 때로는 이러한 불일치에 대한 공포는 일치하려고 하지 않는 자를 위협하는 실질적 위험에 대한 공포로서 합리화되기도 한다.

우리는 어떻게든 필사적으로 집단 안에 들어가려고 합니다. 따돌림이 무서운 것은 바로 이 지점에서죠. 당하는 사람이 따돌림을 절망으로 받아들이기 때문이에요. 만약에 "그러건 말건 난 별로 상관없어" 하는 사람이 있다면, 물론 그 사람들도 내면의 상처가 있겠지만 그렇게 크진 않을 겁니다. 하지만 기를 쓰고 그 안으로 들어가려고 했는데 진입에 실패했을 때 절망감은 어마어마하겠죠. 그래서 튀는 거 싫어서 튀는 짓 안 하려고 굉장히 애쓰잖아요. 예를 들면, 고3 교실에 가면 손 들고 대답하는 사람이 줄어들어요. 왜 그럴까요? 애들이 다 입 다물고 있는데 나 혼자 손 들고 계속 대답하면 친구들이 나를 손가락질하며 잘난 척한다고 그럴까 봐…. 다른 사람들과 같아지려고 합니다.

우린 원래 다른 존재인데 같아지려고 하는 노력 자체가 너무 무모한 거 아닐까요? 그런데도 계속 그 무모한 노력을 하면서 살아요. 그리고 계속 야단맞아. "너만 튀잖아." "모난 돌이 정 맞는다는 거 몰라?" "대충대충 맞추고 살 줄도 알아야지, 너 혼자 어떻게 독불장군처럼 그렇게 살래?" 우리 사회는 계속해서 다른 길로 가는 사람들을 야단치고 협박하고 위협하면서 이 길에 들어오게 해요. 그리고 우리는 큰 반항 없이 자꾸 그리로 따라 들어와요. 왜? 안심이 되니까. 그러나 이게 진짜 사랑은 아니라는 거죠. 이건 나의 본성과 맞지 않아요. 내가 남들과 다른 부분을 다 깎아내고 잘라내고 변신해서 들어와 있는 거잖아요. 내가 나로 살고 있는 게 아닌 거죠.

두 번째로 노동과 오락을 통해서도, 예를 들면 일을 한다든지 아니면 취미활동을 한다든지, 이런 활동을 통해 고독감을 다소 해소할 수가 있어요.

책은 독서 클럽에 의해 선택되고, 영화는 필름이나 극장 소유자에 의해 선택되고, 광고 슬로건도 그들에게 지불을 받는다. 휴식 역시 일정하다. 곧 일요일의 드라이브, 텔레비전 연속물, 카드놀이, 사교파티 등이다. 태어나서 죽을 때까지, 월요일부터 다음 월요일까지, 아침부터 밤까지 모든 활동은 일정하고 기성품화되어 있다. 이러한 상투적 생활의 그물에 걸린 인간이 어떻게 자신은 인간이고, 특이한 개인이며, 희망과 절망, 슬픔과 두려움, 사랑에 대한 갈망, 무(無)와 분리에 대한 두려움을 갖고 단 한 번 살아갈 기회를 갖게 된 자임을 잊지 않을 것인가?

이걸 기억해야 돼요. 나 자신은 인간이고, 특이한 개인이며, 희망과 절망, 슬픔과 두려움, 사랑에 대한 갈망, 두려움까지 이 모든 게 뒤섞인 존재라는 걸 말이죠. 그런데 세상은 우리가 특이한 개인들이란 걸 무시하고 모두 똑같은 걸 보게 합니다. 온 국민이 같은 드라마를 보죠. 나는 천만 영화가 너무 무서워요. 이 정도 규모의 인구에서 똑같은 영화를 천만 명씩이나 본다고 하는 건 정상이 아니에요. 우리 사회의 동일화 압력이 그렇게 강하다는 겁니다. 다시 말해, 우리 사회가 다양성을 전혀 수용하고 있지 못하고 있다는 증거입니다. 다양성 영화를 보려고 해도 극장에서 개봉을 안 해요. 제가 보려는 영화는 늘 23시 50분에 시작해요. 그거 보면 다음날 출근해서 학생들 자습시키고 저는 졸겠죠. 그러니까 볼 수가 없어요. 추석 시즌, 여름방학, 겨울방학, 설 명절, 이렇게 딱 시즌이 될 때마다 무슨 영화 봐야 되는지 똑같이 알죠? 맞아요. CJ가 골라주는 걸 봐요.(웃음) 내가 다르다는 걸 아무도 배려해주지 않아요. 이렇게 노동과 오락도 진짜는 아니라는 겁니다. 지금 현재 우리 사회에서 진행되고 있는 노동과 오락은 더더군다나 그렇죠.

세 번째는 창조적 활동이에요. 예술적인 활동을 하는 거죠. 그러면 작업자인 나와 외부세계와의 합일을 이룰 수 있기 때문에 그 과정에서 나는 외로움을 덜 느낄 수 있습니다. 조각을 하거나 그림을 그리거나 작곡을 하거나 글을 쓰거나 하는 거죠. 앞의 방법보다 조금 나은 거 같아요. 그러나 어떨까요? 이것도 진짜 인간과 직접 관계를 맺는 것은 아니기 때문에 일시적인 방법일 뿐입니다. 글을 쓰거나 그림을 그리면서 내 외로움을 잊을 수는 있지만 그렇다고 내가 외롭지 않은 건 아니에요. 그러니까 고흐가 그렇게 많은 그림을 그리면서도 계속해서 동생에게 편지를 보내고, 둘이 엄청나게 많은 편지를 주고받잖아요. 더 간절히. 창작 활동이란 것도 결국 고독하게 자신의 외로움과 직면하는 거고, 그랬을 때 더 절실하게 누군가를 원했을 수도 있는 거겠죠. 그럼 뭘까요? 진짜 완전하게 우리가 결합할 수 있는 방법은, 그 무엇도 아닌 나 말고 다른 사람과의 합일, 사랑을 이루는 거라네요.

사랑은 감정이 아니라 활동이다

사랑은 감정이 아니라 활동이에요. 그러니까 내가 가슴이 두근두근하고, 설레고, 막 갑자기 엔도르핀이 솟아서 밤에도 잠이 안 오고…. 한창 연애에 불붙었을 때는 밤새도록 통화를 해도 아침에 쌩쌩하죠? 그러니까 미친 호르몬이 나오는 거야, 잠깐.(웃음) 그러나 그것 자체가 사랑은 아니라는 거죠. 빠지는 게 아니라 참여하는 것이고, 받는 것이 아니라 주는 것이 바로 사랑입니다.

물질적인 영역에서는 준다는 것은 부자임을 의미한다. 많이 '갖고' 있는 자가 부자가 아니다. 많이 '주는' 자가 부자다. 하나라도 잃어버릴까 안달을 하는 자는 심리학적으로 말하면 아무리 많이 갖고 있더라도 가난한 사람, 가난해진 사람이다. 자기 자신을 줄 수 있는 사람은 누구든지 부자다. (중략) 가난은 직접 야기시키는 고통 때문이 아니라 가난한 자로부터 주는 기쁨을 빼앗는다는 사실 때문에 수치이다.

주는 게 이렇게 중요한 문제라는 거예요. 사랑은 주는 거다. 그리고 주는 게 기쁨이고 줄 수 있는 사람이 능력 있는 사람이라는 거죠. 내가 얼마나 많이 가지고 있는가가 줄 수 있는 힘을 결정하는 게 아니고, 줄 수 있는 힘이 줄 수 있는 걸 결정해요. 그러니까 계속 받으려고 하는 사람은 아무리 받아도 계속 가난하고 허기진 거죠. 베풀 줄 아는 사람은 계속해서 여유가 있는 거예요. 너무 공자님 말씀, 부처님 말씀, 예수님 말씀 같지만 그게 진리라는 거죠.

여기서 생각을 해봅시다. 줘요. 아낌없이 줘요. 다 줘요. 끝도 없이 줘요. 나를 보살피지 않고 다 주는 사람들이 있어요. 이건 사랑일까요? 어떨 거 같아요?

 자기 자신부터 사랑해야 되는 거 아닌가요?

그래요. 이걸 자기애라고 하죠. 에리히 프롬은 사랑의 여러 가지 종류를 얘기하면서 부모자식 간의 사랑, 형제애—형제애는 진짜 나의 형제자매라서가 아니라 평등한 관계에서의 사랑이겠죠?—, 그 다음에 성애— 남녀 간의 사랑이죠—, 이런 것들을 얘기하면서 가장 필수적인 것으로 자기애를 꼽습니다. 나를 사랑할 줄 아는 사람만 다른 사람도 사랑할 수 있다는 겁니다. 그래서 제일 기본은 나를 사랑하는 거죠.

비행기를 타면 비상 상황에 대한 안내방송이 나와요. 비행기가 사고가 나서 산소마스크를 쓰게 될 때 어린아이를 동반하고 있다면 보호자가 먼저 산소마스크를 착용하고 아이에게 산소마스크를 씌워주라고 안내합니다. 마스크를 씌워주는 거 말고도 보호자는 아이에게 해줘야 될 일이 너무 많아요. 그런데 마스크만 씌워주고 내가 사고가 나면 아이의 안전도 보장할 수가 없어요. 내가 먼저 마스크를 쓰고 아기를 구해주어야 계속 아이를 돌볼 수 있어요. 나를 먼저 돌볼 줄 알고 남을 사랑해야 진짜 사랑인 거죠.

다 주면서 자기가 망가지는 사람들이 있어요. 그런데 그건 헌신이 아니라 의존인 거예요. 시어머니가 며느리랑 갈등하다가 아들이 내 편을 안 들어줄 때, 드라마에 단골로 등장하는 시어머니 대사가 뭐죠? "내가 너를 어떻게 키웠는데 네가 나한테 이래?" 한번 생각해봐요. '내가 너희를 어떻게 키웠는데, 다 줘서 키웠는데…' 그러나 사랑은 주고받는 게 아니에요. 주는 거예요.

"내가 너 태어날 때부터 대학교 졸업할 때까지 다 키워주고 먹여주고 다 했으니까 나중에 꼭 이 아빠 마음에 딱 맞는 남자랑 결혼해야 돼"라는 건 말이 안 되는 거예요. 그런데도 내가 다 헌신함으로써 상대에게 부채의식을 남기고, 그 부채의식을 이용해 다른 사람을 조종하려고 합니다. 힘 센 사람이 억압과 폭력으로 다른 사람을 조종하듯이 희생하는 사람은 희생을 통해서 조종하는 거예요. 그런데 조종하는 사람, 조종당하는 사람, 둘 다 정상적인 상태는 아니죠. 인간은 그냥 내가 나로 존재할 때 행복한 거고, 다른 사람에 대해서도 마찬가지로 그 자신으로 존재할 수 있게 해줘야지 사랑인 거예요. 그러니까 다 주는 사랑, 헌신적인 사랑도 잘 들여다봐야 된다는 겁니다.

알코올중독 남자랑 결혼했던 여자가 이혼했어요. 그런데 재혼했더니 상대가 또 알코올중독자예요. 운이 없는 걸까요? 제대로 사람 구실을 못 하고 헤매고 있는 사람을 보살피고 구제해주려 하는 사람이 있어요. 저 사람을 바꿀 수 있다고 생각하는 거죠. 저 사람 인생을 조종할 수 있다고 생각하는 거예요. 사람들은 "저 여잔 팔자가 왜 저래?"라고 말하지만, 사실은 그게 아닌 거죠.

사랑은 운명이 아니라 기술이에요. 그리고 그 기술은 테크닉이 아니라 아트입니다. 이론과 실천이 다 갖춰져 있는, 궁극적인 완성을 추구하는 어떤 것이라는 거죠.

이제 우리는 프롬이 말하고자 하는 바를 알 것 같습니다. 사랑이 운명이 아니라 기술이라면 우리는 훈련을 통해 그것을 습득할 수 있습니다. 그렇다면 훈련하라고, 프롬이 말합니다. 계속 사랑의 본뜻에 따라서 그렇게 맞춰서 행동해야 된다는 거죠. 그리고 이 일에 정신을 집중하고 인내심을 발휘하래요. 그것도 평생.

친구를 만날 때도, 데이트를 할 때도 거대한 스마트폰이 가로막고 있다.
우리는 지금 상대방에게 온 정신을 집중할 수가 없는 상태로 살고 있다.

그것이 목공 기술을 다루든, 의학 기술을 다루든, 어떤 기술의 실용에는 다루는 기술과는 전혀 관계없이 요구되는 일반적인 요청이 있다. 우선 기술의 실용에는 '훈련'이 요구된다. 훈련된 방식으로 이 기술을 실행하지 않는다면 결코 이 기술에 숙달되지 못할 것이다. '그럴 기분이기' 때문에 어떤 일을 하는 것도 좋은 일이고 재미있는 취미일지는 모르지만, 결코 그 기술에 숙달되지는 못할 것이다.

그러나 문제는 어떤 특수 기술의 실용을 위한 훈련(매일 일정한 시간 동안 연습하는 것을 말한다) 문제에 그치지 않고 전 생애를 통한 훈련의 문제가 된다는 데 있다.

기술을 습득하려면 최고의 관심이 필요하다고 앞에서도 말했죠? 최고로 수영을 잘하고 싶다고 생각해야 최고로 수영을 잘할 수 있어요. 배드민턴을 대강 치고 말겠다 하면 대강 치게 되고요, 내가 최고로 잘하겠다고 마음먹는 순간 최고로 갈 수 있는 가능성이 열리는 거죠. 대강 하겠다 생각하고 있는데 어느 날 최고가 되는 사람은 없어요. 사랑도 마찬가지라는 겁니다. '난 사랑의 대가가 되겠다, 훌륭한 사랑을 습득하겠다, 그렇게 실천하겠다'라고 생각하는 게 중요하다는 거예요.

집중에 대해 생각해볼까요? 현대 사회에서 수많은 것들이 우리의 정신 집중을 가로막지만 이건 어때요? 친구를 만날 때도, 데이트를 할 때도, 그리고 부부가 같은 침대에서 자고 있는데 가운데 거대한 스마트폰이 가로막고 있어요. 상대방에게 온 정신을 집중할 수가 없는 상태예요. 스마트폰뿐만 아니라 그런 것들이 너무 많죠. 우리는 한순간도 집중하지 못하고 계속 우리를 산만하게 만드는 요소들의 가운데에 살고 있어요.

그렇게 해서는 창조할 수 없고, 생각할 수 없습니다. 우리가 외로우니까 돈을 쓰게 되죠. 지금 여기서 사랑하고 행복하다면 크게 낭비를 할 이유가 없어요. 왜 한 끼에 5만 원씩 하는 데 가서 식사를 해야 돼요? 나에게 사랑하는 마음만 있다면, 주고자 하는 마음만 있다면 훨씬 더 적은 돈으로도 행복한 식사를 할 수가 있어요. 계속 공허하고 불안한 마음을 돈으로 채우게 되는 겁니다. 그럴려면 돈을 많이 벌어야 되니까 시간이 없어져요. 점점 더 불안해져요. 정신에 집중하고 온전히 어떤 사람을 사랑할 수만 있다면 훨씬 더 시간도 많아지고 여유도 생기게 된다는 겁니다. 막 이 사람 저 사람 작업 걸고 어장관리 하는 사람은 살면서 얼마나 정신없겠어요? 계속 호시탐탐 탐색만 하고 있으면 얼마나 바쁘겠어요? 반대로 상대와의 관계에서 믿음을 가질 수 있는 사람은 여유로울 거예요. 안심할 수 있겠죠. 어떻게 해야 안심할 수 있을까요? 내가 먼저 그 사람에게 믿음을 줄 때 시작될 수 있는 거겠죠.

'사랑은 운명이 아니라 기술이다, 노력을 통해서 내가 바꿀 수 있다'라는 사실, 오늘 여러분에게 오롯이 전달되었으면 좋겠습니다.

실전 사랑의 기술, 심화편

『사랑의 기술』을 통해 사랑의 철학에 대해 알게 되었다지만, 그래도 뭔가 부족함을 느끼는 독자들이 많을 것이다. 진짜 '기술'을 알고 싶다는 갈증이 더 심해졌을지도 모른다. 천지 분간 못하고 헤매는 친구들이 있을 때 우리는 "넌 연애를 글로 배웠냐?"라고 타박하지만, 글로라도 배울 수 있다면 시행착오를 좀 줄일 수 있지 않을까? 에리히 프롬도 말하지 않았던가. 사랑은 운명이 아니라고, 배울 수 있다고. 그러니 책을 읽으며 배워보자.

●

『화성에서 온 남자 금성에서 온 여자』

존 그레이 지음, 김경숙 옮김, 동녘라이프

물론 인간 여자와 인간 남자는 모두 호모 사피엔스 사피엔스라는 같은 종이니 공통점이 많다. 하지만 문제는 다른 점도 많다는 것. 『화성에서 온 남자 금성에서 온 여자』라는 제목은 바로 그런 의미다. 서로 다른 별에서 온 것처럼 다른 존재라는 것! 그 래서 상대방을 이해하지 못하고 서로 싸우고 분노하고 갈라선다. 이 책을 읽어두면 든든하다. 아, 그 남자, 그 여자가 그래서 그랬구나, 하는 것을 깨닫게 된다. 단 주의할 점! 이 책의 이야기를 너무 그대로 받아들이면 곤란하다. 안 그런 남자도 많고 안 그런 여자도 많으니까. 그냥 참고만 할 것.

●

『혼자 산다는 것에 대하여』 　노명우 지음, 사월의책

사랑의 '기술'을 알려주는 책을 소개한다더니, 혼자 살라고? 이 리스트의 부당함에 울컥하더라도 잠깐만! 혼자 살 줄 아는 사람이 함께 사는 것도 잘할 수 있다. 혼자 설 수 있어야 함께 살 수 있다는 말이다. 관계 맺기는 중요한 일이지만, 관계에 연연해서는 좋은 관계를 맺을 수 없다. 인간은 결국 혼자임을 받아들이고, 고독을 견뎌내고, 홀로서기를 할 줄 알아야 한다. 개인에게도 그런 노력이 필요하고, 이 사회도 혼자 사는 것을 지지해줄 필요가 있다는 것이 이 책이 전하는 진짜 메시지다. 혼자 사는 사회학자가 쓴, 홀로서기에 대한 책.

●

『요리 활동』 　박영길 지음, 포도밭출판사

단언컨대, 이 책은 내가 읽은 요리책 중에 최고다. 따라 하기 어려운 것도 없고, 구하기 힘든 재료도 없고, 구현할 수 없는 스킬도 없다. 요리가 일상의 소소한 한 부분이다. 그 소소한 부분이 너무 큰 자리를 차지하는 것은 자연스럽지 않다. 그러니 너무 공을 들일 필요는 없다고 말해주는 필자가 참 고맙다. 온갖 것에 정성을 다하는 종가집의 요리는 그 요리를 만드는 종부의 인생을 잡아먹지 않던가. 그러니 딱 적당한 정도로만 정성을 들이자. 하지만 요리는 중요하다. 크고 중요한 일을 할 수 있도록 버티는 힘은 무너지지 않는 일상에서 오는 것이니까. 사랑도 소소한 일상이다. 천지개벽하는 엄청난 사건으로만 사랑을 대한다면 어느 누가 그 사랑을 버텨낼 수 있겠는가. 이 요리책을 사랑의 기술 리스트에 올린 내 생각은 그렇다. 게다가 나를 위해 제대로 된 밥상을 기꺼이 차리는 이를 어찌 사랑하지 않을 수 있겠는가.

『첫사랑』 　이반 투르게네프 지음, 이항재 옮김, 민음사

현실에서 우리는 한 남자와 한 여자가 만나 서로 사랑하고 평생을 함께하는 아름다운 결말을 소망할지 몰라도, 소설에서 기대하는 것은 조금 다르다. 타이밍이 엇갈리고, 사랑의 화살표가 엇갈리면서 소용돌이치는 이야기는 늘 우리를 걱정 속으로 몰아넣는다. 막 성인의 문턱을 넘으려고 하는 소년의 첫사랑. 상대는 주변의 남자들을 일시에 사로잡은 인기 절정의 그녀, 지나이다. 게다가 연상이다. 날 남자로 봐주기나 할까? 첫사랑의 열기에 사로잡힌 소년의 설렘과 불안을 함께 경험하게 만드는 소설이다.

5강

지적 대화를 위한
진짜 지식

『군주론』

니콜로 마키아벨리 지음, 권혁 옮김, 돋을새김

진짜 지식이 내 삶을 바꾼다

마키아벨리는 1469년에 태어나서 1527년에 쉰여덟의 나이로 죽었어요. 『군주론』은 1513년에 쓰여졌습니다. 마키아벨리가 살았던 시기는 그야말로 격동의 시기였습니다. 피렌체가 몇 번이고 정권이 바뀌고 전쟁을 겪었죠. 마키아벨리가 그의 생애 동안 피렌체 내에서 겪은 전쟁만 해도 소소한 거 빼고 큰 전쟁만 세 차례나 됩니다. 그의 공직 재임 기간 내내 피사와 전쟁이 벌어졌고요. 피사의 사탑이 있는 바로 그 피사입니다.

마키아벨리는 피렌체 공화 정부의 외교 공무원이었습니다. 외교관이라는 직업상 해외 출장을 많이 갔죠. 그 당시 외교라면 늘 전쟁과 관계가 있기 때문에 당연히 전쟁 전문가이기도 합니다. 당시 이탈리아는 조그만 소국가로 난립해 있었어요. 이 소국으로 난립해 있는 이탈리아의 문제를 해결하기 위해서는 '강력한 군주가 나타나서 이탈리아를 통일하고 이 많은 전쟁으로부터 백성들을 구원해야만 한다, 이게 이탈리아의 살 길이다'라고 마키아벨리가 주장했던 겁니다.

마르크스가 있으면 '마르크시즘'이 있는 것처럼, 다윈이 있으면 '다위니즘'이 있는 것처럼, 마키아벨리하면 '마키아벨리즘'이 있어요. 마키아벨리즘이라는 건 목적을 이루기 위해서는 수단과 방법을 가리지 않는다, 이런 것을 떠올리게 하는 표현입니다. 도덕이나 윤리와는 무관하게 성공을 위해 달려가는 그런 정치가들이나 사업가들을 떠올릴 수 있는 그런 개념이 마키아벨리즘이에요. 그렇다면 마키아벨리는 도대체 어떤 사람이었기에 그런 흉흉한 이미지의 주인공이 되었을까요?

사실 마키아벨리는 간계와 모략의 정치를 말한 적이 없습니다. 그런데 사람들은 간계와 모략의 정치가로 마키아벨리를 기억합니다. 사람들이 제대로 알지 못하고 풍문으로 들은 이야기를 하고 있는 거예요. 그렇게 풍문으로 들은 이야기만 해서는 늘 삼류의 지식에 머물게 됩니다. 지식이 한 단계 높아져서 그것이 내 삶을 바꾸는 것이 되려면 진짜 지식에 접근해야 되고, 그러려면 진짜로 읽어야 돼요.

천재들의 도시, 피렌체

마키아벨리가 살았던 도시, 피렌체로 가볼까요? 피렌체는 두오모 성당이 특히 유명한데요, 정식 명칭은 '산타 마리아 델 피오레 대성당'입니다. 이 성당이 건축사에서 길이 남을 명작이라고 합니다. 이렇게 아름다운 형태의, 완성된 형태의 돔을 건설하는 게 꽤 어려운 일이라고 하네요. 이런 고난도의 기술이 없어서 짓고 무너지고, 짓고 무너지고 이래왔는데, 피렌체가 성공을 한 거예요. 이렇게 어려운 구조물을 만들어낼 만큼 피렌체는 과학기술도 발달했고, 그 거대한 건축물을 지을 수 있는 자금도 무리 없이 조달해낼 정도로 잘 사는 도시였어요. 유럽의 다른 지역에서는 농부들이 헛간 같은 데서 살면서 신발도 없이 맨발로 다닐 정도로 궁핍했고 끼니를 걱정해야 될 정도였는데, 피렌체는 상업으로 성공을 하면서 어마어마하게 돈을 벌어들인 도시 국가였어요. 그리고 이 당시에 엄청나게 많은 천재들이 나타났어요. 미켈란젤로, 단테, 갈릴레오, 다빈치, 라파엘로. 여러분들이 다 아는 이 유명한 사람들은 다 비슷한 시기에 피렌체에서 살았던 천재들이에요.

특히 레오나르도 다빈치나 미켈란젤로, 라파엘로는 바로 마키아벨리랑 동시대에 살았던 사람들입니다. 도대체 어떻게 이토록 인류 역사상 위대한 천재들이 동시에 피렌체에 나타날 수 있었을까? 그 비법을 알 수 있다면 지금도 적용하고 싶겠죠. 그래서 수많은 학자들이 이 연구에 지금도 도전하고 있어요. 여러 가지 이유가 있겠지

밀라노
공국

베네치아
공화국

피렌체 공화국

로마
교황령

나폴리
왕국

15~16세기의 이탈리아. 중앙의 로마 교황령을 중심으로
남부에는 나폴리 왕국, 북부에는 수많은 공국들이 난립해 있었다.
지중해 교역으로 발전했지만 통일국가를 이루지 못하고, 베네치아 등 일부 공화국을
제외하고는 프랑스와 스페인에 지배당하거나 쇠락했다.

만 천재들을 밀어줄 수 있는 경제적인 토대가 중요했을 겁니다. 그러니까 마키아벨리가 살았던 피렌체는 엄청나게 잘살고 있었고, 발전하고 있었고, 그리고 문화적 수준도 높았죠. '천재들의 도시'라고 불릴 만큼 대단한 사람들이 많아서 서로 자극을 주고받았죠. 한마디로 생동하는 도시였어요.

그 당시 정세를 보면, 16세기 이탈리아는 여러 국가로 나뉘어 있었어요. 왕국, 공국, 공화국, 교황령. 나라마다 정치 형태도 다 달라요. 이렇게 사분오열되어 있으니 전쟁이 많을 수밖에 없었겠죠? 외국의 입장에서 보면 만만한 거예요. 그러니까 프랑스에서도 쳐들어오고 독일에서도 쳐들어오고 멀리 스페인에서도 쳐들어오죠. 덕분에 이탈리아는 계속 전란에 휩싸였어요. 그 와중에 피렌체 공화국은 프랑스, 독일, 스페인, 이런 강대국들이 들어오는 길목에 있었던 관계로 가장 많은 집중포화를 받았습니다. 마키아벨리는 10살이었던 1479년에 나폴리 군대가 침공해오는 걸 겪었어요. 그 다음에 25살이었던 1494년에는 프랑스 군대가 침공해오는 걸 봤어요. 그리고 결국 말년에는 스페인 군의 침공으로 조국이 몰락하는 것을 지켜봐야 했습니다.

마키아벨리가 피렌체 공화국에서 외교 담당으로 공직에 등용된 게 20대 때였어요. 피렌체의 제2서기장이 되어서 프랑스로 출장을 가기도 하고, 우르비노에 가서 체사레 보르자를 만나기도 하고, 율리우스 2세가 교황으로 선출되는 과정을 지켜봤죠. 말하자면, 유럽의 정세를 결정지은 중요한 사건들을 바로 옆에서 목격하는 행운을 누리게 된 거죠. 그 덕분에 '최고의 영웅, 최고의 자리에 오르는 군주는 어떻게 행동하는가'에 대해서 계속 관찰하고 연구할 수 있는 기회를 갖게 된 거예요.

그런데 재미있는 게 마키아벨리는 출장 때마다 고전을 읽었다는 거예요. 파리 출장 갈 때는『갈리아 원정기』를 읽었는데요,『갈리아 원정기』는 로마의 시저가 갈리아 지역으로 원정을 갈 때의 이야기잖아요. 갈리아가 바로 지금의 프랑스 지역을 일컫는 말이거든요. 프랑스로 가니까『갈리아 원정기』를 읽은 거예요. 그다음에 로마 교황을 선출하는 시기에 로마에 갈 때는『로마사』를 가지고 가서 연구를 하면서 로마 교황령의 변화를 지켜봐요. 체사레 보르자라는 희대의 영웅을 만나러 가는 자리에는『플루타르코스 영웅전』을 가져가요. 고전의 토대 위에 현실의 정치를 건축 자재로 사용하면서 훗날『군주론』이라는 위대한 금자탑을 세운 거죠.

마키아벨리가 만난 현세의 영웅들

먼저 체사레 보르자를 보겠어요. 체사레 보르자는 교황의 아들입니다.

 교황인데 아들이 있어요?
 저기 혹시, 드라마 〈보르지아〉?

예, 체사레 보르지아. 보르자. 굉장히 많이 들어봤죠? 미드의 그 보르지아가 체사레 보르자예요. 중부 이탈리아의 로마나 지방을 정복해서 피렌체도 당연히 이 영향권에 들어갔기 때문에 마키아벨리가 협상을 하러 체사레 보르자를 만나러 간 거예요. 그런데 체사레 보르자는 마키아벨리가 보기에 정말 이탈리아를 위해서 만들어 놓은 거 같은 영웅이에요. 굉장히 똑똑하고, 권력도 있죠. 아버지의 권세가 있으니까. 거기다가 사람을 매혹시키는 능력이며, 모든 걸 타고났어요. 군사적으로도 탁월하고, 사람의 호감을 끄는 외모까지 모든 것을 가지고 있었는데, 이 사람이라면 이탈리아를 통일할 수 있을 거라고 생각했는데, 성공하지 못해요.

공작은 강인하고 능력도 갖추고 있으며 승리하는 방법을 정확히 이해하고 있는 사람이었습니다. 또한 그처럼 단기간 내에 기반을 확고히 했던 사람이었으므로 그처럼 막강한 국가들과 맞서야 하지 않았거나 건강하기만 했더라면 모든 곤경을 다 극복해냈을 것입니다. 교황 알렉산데르 6세가 죽었을 때 그가 건강하기만 했어도 모든 일은 간단명료했을 것입니다. 공작은 교황 선출에서 실책을 범한 것이며 궁극적으로 자신의 파멸을 자초하게 되었던 것입니다.

체사레 보르자는 원래 건강했어요. 그런데 아버지인 교황 알렉산데르 6세가 죽은 시점, 그러니까 권력의 최대 위기가 닥친 결정적 순간에 체사레 보르자를 무너뜨린 건 모기였어요. 말라리아에 걸린

마키아벨리가 가장 이상적인 군주로 보았던 체사레 보르자.
그는 당대의 가장 냉혹한 군주로 정평이 나 있었기에
마키아벨리가 『군주론』에 남긴 그에 대한 평가는 많은 논란을 일으켰다.

알토벨로 멜론, 〈체사레 보르자〉, 판넬에 유채, 1500~1524년, 카라라 국립 미술관 거예요. 말라리아 때문에 권력에 위기가 왔죠. 그다음에 딱 한 번 실책을 했어요. 새로 뽑힌 교황이 자기랑 옛날에 원수 진 사람이에 요. 체사레 보르자가 자신에게 원한이 있는 그 사람을 밀어준 거예 요. 체사레 보르자가 밀어주지 않았으면 교황이 될 수 없는 상황이 었는데, 과거의 적을 밀어준 거죠. 체사레 보르자는 '내가 이번에 잘 해주면 옛날 기억을 잊어버리고 사이 좋게 잘 지낼 수 있을 거야' 하 는 생각을 했겠지만, 그랬을까요? 그 사람은 권력을 쥐자마자 체사 레 보르자에게 보복을 했죠. 마키아벨리가 봤을 때 아무리 능력이 뛰어나도 운이 따라주지 않으면 안 되는 거예요. 그래서 진정한 영 웅은 운도 자기편으로 만들 수 있는 사람이 되어야 되는데 안타깝 게 체사레 보르자는 그러지 못했습니다.

그렇게 체사레 보르자는 죽어갔으니 마키아벨리가 그다음 희망 을 건 사람은 누구였을까요? 현재 피렌체의 통치자인 메디치 가문 의 로렌초 데 메디치가 다음 시대를 이끌 지도자라고 생각했어요. 로렌초 데 메디치가 누구일까요? 마키아벨리가 다른 나라를 떠돌면 서 외교 업무를 수행하고 있던 그 시절에 피렌체는 정치적 격변에 휩싸이게 돼요. 피렌체 공화정이 무너지고 메디치 가문이 외국의 비 호를 얻어서 들어오게 되는 거예요. 이제 피렌체의 지배자가 되어 되돌아온 사람, 그 사람이 바로 로렌초 데 메디치였죠.

로렌초 데 메디치는 공화정을 폐지하고 스스로 왕과 비슷한 참 주가 되면서 독재정치를 했는데, 이 사람이 잘한 일은 예술가들을 팍팍 지원해줬다는 거죠. 그래서 르네상스 3대 화가는 다 이 시절에 나와요. 메디치가 엄청난 돈과 권력을 실어서 이들을 밀어줬기 때문이죠. 예술가들에게 로렌초 데 메디치는 참 좋은 지배자였지만, 마키아벨리에게는 좋은 사람이 아니었어요. 메디치 가문이 들어오면서 마키아벨리가 쫓겨나요.

옛날 공화국에서 일했던 사람들은 쫓겨날 수밖에 없었습니다. 마키아벨리도 해직됐어요. 그냥 해직만 되고 끝난 게 아니라 감옥에 갇혔고 고문도 당했어요. 그리고 피렌체에서 추방되어 산탄드레아라는 지역으로 쫓겨나요. 도시에 들어올 수 없는 사람이 된 거예요.『오이디푸스 왕』강의에서도 이야기한 적 있죠? 도시에서 쫓겨난다는 게 어떤 의미인지. 바로 마키아벨리가 오이디푸스 같은 처지가 된 거예요.

엄청나게 바빴던 사람이 이제 할 일이 없어졌어요. 게다가 얼마나 돌아가고 싶었겠어요. 그래서인지 현재의 정세를 분석할 때 체사레 보르자 같은 인물이 또 나올 수 있다면, 여러 가지로 마음에 안드는 점도 있지만, 그건 로렌초 데 메디치뿐이다. 그가 아니면 이탈리아는 구원받을 수 없다. 자기가 본 사람들 중에 그래도 가장 가능성 있는 인물이라고 보았고, 그렇게 보고 싶었겠죠.

『군주론』은 실업자로 전락하고 피렌체에서 쫓겨난 마키아벨리가 로렌초 데 메디치의 눈에 들기 위해서 쓴 일종의 자기소개서예요. 그런데 그냥 "저를 써주세요" 하면 품위가 없으니까, 평생에 걸친 고전 독서로부터 얻은 지식과, 공직자 신분으로 그 유명한 사람들을 만났던 생생한 경험을 바탕으로 "이렇게 해야 승리할 수 있습니다"

라고 하는 승리의 비법을 적어서 로렌초 데 메디치에게 헌정한 것입니다. 서문을 한번 읽어보세요.

> 저의 뜻을 헤아리시어 이 작은 선물을 받아주십시오. 이것을 꼼꼼히 읽고 깊이 성찰하신다면 운명과 전하의 능력에 의해 위대한 과업이 성취되기를 바라는 저의 뜨거운 열망을 발견하실 수 있을 것입니다. 그리하여 위대하신 전하께서 계신 그 높은 자리에서 낮은 곳을 바라보실 때, 그곳에 잔혹하고 연속된 불운으로 인해 부당하게 고통을 겪고 있는 제가 있다는 걸 알아차리시게 될 것입니다.

제가 처음 서문을 읽었을 때 얼마나 놀랐던지, 이토록 강력한 아부를 읽게 될 줄 몰랐거든요. 그만큼 마키아벨리는 절박했던 거예요. 다시 공직에 등용되고 싶은 야망도 있었고요, 실제로 경제적으로도 어려웠죠. 월급을 못 받게 됐으니까. 공무원이 일자리에서 잘렸어요. 집에 먹을 게 없다고 부인이 타박하니까 숲에 가서 새를 사냥해야 될 만큼 생활고에 시달렸어요. 그러니까 절박해서 쓴 거예요. 생각해보면 이렇게 생애 밑바닥에서 걸작들이 태어나는 거 같아요. 피렌체에서 추방당한 단테는 『신곡』을 집필했죠. 『카라마조프가의 형제들』이라는 불멸의 명작은 도스토예프스키가 빚에 쫓겨 감옥에 갈 위기에서 쓴 거예요. 다산 정약용도 그토록 긴 유배생활 없이 계속 공직에서 화려하게 활동했다면 그런 작품들이 나올 수 있었을까요?

그러나 『군주론』은 개보다도 못한 취급을 받습니다. 원고를 완성해서 깨끗하게 필사한 뒤 이걸 로렌초 데 메디치에게 주고 싶은데, 그를 만나기도 어려웠죠. 친구들을 통해서 어렵사리 겨우겨우 연줄이 닿아서 드디어 로렌초 데 메디치한테 『군주론』을 갖다 바칠 기회를 허락받았어요. 로렌초 데 메디치는 그날 여러 사람들을 같이 만났는데 그 중에 한 사람은 그에게 사냥개를 선물했어요. 로렌초 데 메디치는 사냥개를 보고 너무너무 좋아했다고 해요. 『군주론』은 어땠을까요? 그가 『군주론』을 읽었다는 기록은 어디에서도 찾아볼 수 없답니다. 당연히 등용되지 못했겠죠.

그렇게 개보다 못한 취급을 받은 이후로 마키아벨리는 공직으로 진출하는 것을 포기했어요. 이제 다른 길을 찾기로 한 거죠. 피렌체 공화정에 대해서 우호적이었던 사람들과 함께 '루첼라이 정원의 공부모임'이라는 걸 꾸려요. 젊은이들을 키우기로 마음먹은 거죠. 조국의 미래를 위해서는 이제 잘나가는 젊은이들을 키워서 미래를 기약하는 수밖에 없다, 더 이상 메디치가 다스리는 피렌체에는 희망이 없다, 이렇게 생각을 하고 『로마사 논고』라는 책을 써요.

자, 이러고 끝? 아니에요. 엄청난 변신을 해요. 마키아벨리가 코미디 작가로 변신을 했어요. 〈만드라골라〉라는 재미있는 희곡을 써서 잘나가는 희극 작가가 되기도 합니다. 그러다가 58세 때 다시 관직에 등용될 수 있을 것 같은 실낱 같은 기회가 있었으나, 스페인 군대가 침공해 들어오면서 그 기회도 물거품이 되어버립니다. 스페인 군대가 밀고 들어왔을 때 마키아벨리도 알았어요. '아, 이게 끝이

구나.' 그렇게 절망하자 병을 얻고 죽었어요.

지도자의 조건, 운과 역량

그럼 『군주론』에서 어떤 이야기를 썼기에 오늘날까지 많은 이들의 입에 오르내리는 걸까요? 『군주론』에서는 운과 역량에 대해 이야기하고 있습니다. 정치 지도자는 이 두 가지를 제대로 갖출 때 승리할 수 있다는 거죠.

마키아벨리는 기본적으로 정치란 운, '포르투나'라고 그랬어요. 운이란 뭐냐 하면 인간이 자신의 역량으로 통제할 수 없는, 통제력 바깥에 있는 일이 운이에요. 우리 그런 거 느낄 때 많이 있죠? 살다 보면 운이 정말 많이 작용해요. 예를 들면, 1학년 입학해서 어느 반에 들어가느냐, 이것도 굉장히 중요하죠. 들어갔는데 우리 반 엉망이면 참 암울하잖아요. 그런데 우리 반 되게 괜찮은 반이다 하면 학교 다니는 것도 즐겁고 공부도 잘 되죠. 1학년 맨 처음 입학했을 때 어떤 반에 배정되는가는 그냥 운이잖아요. 그런데 『군주론』의 바탕이 된 때는 16세기예요. 지금보다 더 운의 지배를 많이 받았겠죠. 말라리아로 쓰러져간 영웅 체사레 보르자를 떠올려보세요. 이 영웅이 말라리아 때문에 위기를 맞게 될 줄 꿈에나 생각을 했겠어요? 오직 운이라고밖엔 설명할 수가 없죠.

운명의 여신은 한쪽 발은 땅에 두고 한쪽 발은 바다에 두는 모

운명의 여신 포르투나.
포르투나는 흔히 운명의 지배자로서 배의 키를 가진 모습으로,
또는 운명의 불확실함을 나타내기 위해 공 위에 서 있는 모습으로 표현된다.

습으로 그려집니다. 그리고 돛이 있어요. 바람의 방향이 어디인지에 따라서 땅으로 갈 수도 있고 바다로 갈 수도 있습니다. 어디로 갈지는 운명의 여신도 몰라요. 바람이 부는 대로 갈 거예요. 운명의 여신 자체가 이렇단 말입니다. 이런 모습이 아니면 눈을 가리고 있는 그림도 있어요. 운명의 여신이 눈을 가린 건 공평하기 위해서라는 의미가 아니라 그냥 사람을 가리지 않는다는 의미인 거예요. 그냥 아무렇게나 기분 내키는 대로. 그러니 운명의 바람이 어디로 불지는 아무도 알 수 없어요.

이런 운명을 틀어줄 수 있으려면, 운명을 이길 역량을 가지고 있어야 하는 거예요. 역량, '비르투스'라고도 해요. 운에 좌우되지 않고 그것에 대한 통제력을 높이는 것. 운은 모든 일에 영향을 미치지만 내가 가진 역량이 좀 더 크다면 이것에 맞서서 바람을 내 편으로 돌릴 수 있다는 거죠. 역량이 부족하다면 운명에 잡아먹혀버리겠죠. 행운의 바람이 나를 위해 불어줄 때만 괜찮은 거예요.

> 운명은 맞서 견뎌내기 위한 준비가 되어 있지 않은 곳에서 그 위력을 드러내며, 운명을 막기 위한 제방이나 둑이 만들어져 있지 않은 곳으로 힘을 집중시킵니다.

운명을 막기 위한 제방이나 둑, 바로 그게 역량이에요. 운명에 맞서 견뎌내기 위한 제방이나 둑의 역할을 할 것이라고 마키아벨리가 주장했던 건 국민군 제도입니다. 용병은 안 되고 국민군만 된다고 말했어요. 용병은 다른 사람의 힘이에요. 진짜 역량은 자기의 힘이어야 된다는 거죠. 남에게 의존하지 말고 스스로의 힘을 길러라. 스스로의 힘은 군주의 힘일 수도 있고 공화국의 힘일 수도 있고요.

결론적으로 자기 자신의 군대가 없으면 어떤 군주국이든 절대 안전할 수 없습니다. 오히려 위기가 닥쳤을 때 자신을 방어할 힘과 충성심이 없기 때문에 오직 행운에만 의존해야 합니다. '자신의 힘에 기반을 두지 않는 권력의 명망만큼 취약하고 불안정한 것은 없다'는 것이 현명한 사람들의 판단이며 믿음인 것입니다.

자신의 군대란 자신이 통치하는 국가의 백성이나 시민 혹은 부하들로 구성된 군대를 말하는 것이며, 그 외의 경우는 모두 용병이거나 지원군입니다.

그렇게 남에게 의존하지 말고 자신의 힘을 길러라. 그럼 힘 있는 군주는 누구냐? 마키아벨리가 이상향으로 생각했던 것은 켄타우로스예요. 반은 말이고 반은 사람인 반인반수. 인간이면서 짐승 같아야 되는 거예요. 이 중에서 어디에 방점이 찍혀 있을까요? 짐승! 실제로 군주가 된다는 건, 지도자가 된다는 건 인간적인 것만으로는 부족한 무언가가 있다고 마키아벨리는 주장했어요. 왜냐하면 이 군주가 평화 시의 군주가 아니라 전쟁을 승리로 이끌어 위기에 처해 있는 조국을 구원해야 되는 군주니까요. 지금 이탈리아는 절체절명의 위기에 있고, 그러니 남다른 파워가 필요하다는 거죠. 실제로 그런 생각들을 고대인들이 많이 했었나 봐요. 테세우스 기억나죠? 오이디푸스를 받아줬던 아테네의 왕. 테세우스도 어린 시절에 켄타우로스를 스승으로 삼았다고 해요. 그리스 신화의 많은 영웅들이 켄타우로스로부터 배우는 장면이 나와요. 그러니까 지도자는, 반인반수의 자질을 가지고 있어야 된다는 것은 마키아벨리의 생각이 아니라 사실은 전부터 내려오는 믿음을 정리한 거겠죠.

그렇다면 그 중에서도 어떤 짐승이어야 하는가. 여기서 그 유명한 사자와 여우의 이야기가 나옵니다.

> 군주는 짐승의 성품을 잘 활용할 수 있어야 하며 짐승들 중에서도 여우와 사자의 성품을 선택해야 합니다. 사자는 함정을 피할 수 없으며 여우는 늑대를 피할 수 없기 때문입니다. 함정을 알아차리기 위해서는 여우가 될 필요가 있으며 늑대를 깜짝 놀라게 하려면 사자가 될 필요가 있는 것입니다.

그런데 이 말도 마키아벨리가 만들어낸 말이 아니고 고전에서 읽은 이야기를 뒤집은 거예요. 키케로라는 로마의 사상가가 『의무론』에서 이렇게 얘기했었어요.

> 불의가 행해지는 데는 두 가지 방식이 있는데, 그것은 폭력과 기만이다. 기만은 마치 여우의 교활함처럼 보이고 폭력은 마치 사자의 사나움처럼 보인다. 폭력과 기만은 인간과는 가장 거리가 먼 것이지만 기만이 더 큰

혐오를 받아 마땅하다. 그런데 모든 불의 중에서도 남을 가장 많이 기만하면서도 자신은 마치 선인처럼 보이도록 위장하면서 속이는 자들의 불의가 가장 위험하다.

고전을 열렬히 탐독했던 마키아벨리는 고대 로마로부터 내려오는 이야기, 여우와 사자는 나쁜 거라는 이야기를 완전히 뒤집어버리죠. 그때까지의 상식을, 고정관념을 뒤집은 거예요.

도덕이 아닌 현실을 말한 죄

벌거벗은 임금님 이야기 알죠? 임금님이 벌거벗고 행진하고 있는데 아무도 벌거벗었다고 말하지 않는데 한 어린아이가 외쳤어요. "임금님이 벌거벗었다!" 그러자 난리가 났죠. 마키아벨리는 그렇게 임금님이 벌거벗었다고 외치는, 권력의 벌거벗은 얼굴을 보여주는 역할을 한 거예요. 그러니까 현실이 이런데 계속 이상론만 떠들고 있으면 문제가 해결되지 않잖아요. 현실을 그대로 따라가라는 게 아니라 현실이 이렇다는 걸 알아야 대책을 세울 수 있는 거죠.

왜 바티칸이 『군주론』을 금서로 지정했냐 하면 그의 책이 정치와 도덕을 분리시키고 종교적 도덕관에 반한다는 명목이었죠. 다시 말해 너무 정확하게 권력의 본질을 꿰뚫고 있었기 때문입니다. 근엄한 얼굴로 덕과 예절, 도덕을 부르짖고 있었던 시대에 이건 현실을 보여주는 과학이었던 거예요. 사실을 그대로 보고자 했던 마키아벨리는 그래서 새로운 권력을 만들어낸 겁니다. '아는 것이 힘'이라는 권력! 마치 비법만 깨우치면 무림을 평정할 수 있는 비급을 알게 되는 것처럼.

권력자들은 뻔히 알고 있었을 거예요, 진실이 이렇다는 걸. 그러나 사람들에게 자기가 계속 도덕적이고 우아한 척하면서 이야기를 했겠죠? 그리고 지배받는 사람들은 그걸 몰랐던 겁니다. 그런데 책으로 나오게 되면서 이것은 이제 누구나 공유할 수 있는 공공재가 되어버린 거예요. 지배계급들끼리 알음알음으로 전수되던 것들이 모두의 지식이 되어버렸어요. 그럼으로써 이제 우리는 이 방법을 통해서 권력을 획득하는 사람들이 어떻게 하는지를 알 수 있게 된 거죠. 또, 권력을 획득하는 방법도 알게 되었죠. 읽어서 알게 되고, 알게 된 것이 곧바로 '권력'과 이어지게 해주는 책이『군주론』이었던 거죠. 누가 읽느냐에 따라서 이것은 굉장한 파워가 되는 거예요.

『군주론』이 이처럼 권력의 본질에 대한 놀라운 통찰을 담고 있다는 점에서 돋보이지만, 또 하나 눈여겨봐야 할 부분은 고통받는 민중에 대한 연민입니다. 마키아벨리는 '백성들이 불쌍하니 덕으로써 돌보고 베푸는 것이 군주의 도리다'라는 식의 도덕을 말하지는 않습니다. 백성들의 마음을 얻는 정책을 구사하는 것이 백성들에게만 좋은 것이 아니라 군주의 이익에도 부합된다는 주장을 하죠.

군주에게 가장 훌륭한 요새는 백성들에게 미움을 받지 않는 것입니다.

(중략) 요새를 믿고 백성들의 미움을 그다지 중요하지 않게 생각하는 군주들은 비난을 받아 마땅합니다.

현명한 군주라면 인색하다는 평판을 두려워해서는 안 됩니다. 자신의 인색함을 공격해오는 어떤 적을 방어할 수 있고, 또 전투 수행을 위해 백성들에게 과도한 부담을 안기지 않아도 될 만큼 재정이 충분하다는 것이 알려지게 되면 관대한 처신을 했던 것보다 더 관대하다는 명망을 얻을 것이기 때문입니다.

군주의 가장 든든한 요새는 백성들의 지지라는 말, 인상 깊지 않나요? 현대 정치에서는 정치권력의 정당성은 국민의 지지에서 나온다는 것이 이미 상식이 되었죠. 그러나 마키아벨리의 시대에 이것은 엄청나게 혁명적인 발언이었어요. 혈통이나 신의 섭리가 군주의 정통성을 보장해준다고 믿고 있던 그 시대에 말이에요. 백성들의 지지를 받게 행동하라. 괜히 풍덩풍덩 돈 쓰면서 낭비하고 백성들한테 돈 뜯어내려고 하지 말고 아껴서 국가의 위기 시에 잘 대응하라. 상비군이라도 둬라, 궁궐 짓는 데다 돈 쓰지 말고. 이런 충고들을 하는 거죠. 곳곳에 이런 이야기들이 많이 있는데 이런 이야기는 별로 인기가 없고 아까 말했듯이 반인반수의 짐승 같은 지도자가 되라는 이야기만 인기가 있어서 오해를 받는 거죠. 사람들이 『군주론』을 안 읽어봤기 때문에 그렇지 않을까요?

저는 마키아벨리가 이루어낸 새로운 세계, 새로운 시각, 이게 새로운 시대의 시작을 알리는 거라는 생각이 들어요. 더 이상 당위론이 아니라 과학으로서 현실을 보게 된 거죠. '이래야 돼'라는 세상이 아니라 '이래, 이런 거야'라는 세상. 알겠죠? 당위와 현실이 어떻게 다른지. 현실을 봐야지 대책을 세울 수가 있잖아요. 현실을 봐야 당위의 세계로 갈 수 있는 거예요. '청소년들은 책 읽기를 좋아해야 해.' 이것만 갖곤 독서교육을 할 수가 없는 거예요. '청소년들이 책을 읽지 않는다'라는 현실에서 출발해야 원인도 제대로 파악할 수 있고, 효과적인 방법도 마련할 수 있어요. 마키아벨리는 현실을 똑바로 보는 것이 문제 해결의 시작이라고 우리에게 말해주고 있습니다.

마키아벨리는 죽기 전에 이런 유언을 남겼다고 해요.

"누더기를 걸친 무리들과 천국에 있기보다는 고귀한 영혼들과 국가의 대사를 논하며 지옥에 있기를 원한다."

나는 이 유언이 마키아벨리의 생각을 굉장히 잘 표현해주는 말이라고 생각해요. 천국에서 이상론만 떠들고 있는 사람보다는 지옥에서 뒹굴지라도 현실의 문제를 다루겠다는 거죠. 그러니까 다들 듣기 좋은 말씀만 하고 있을 때 마키아벨리는 귀에 거슬리고 불편하겠지만 인정하라고, 이게 현실이라고 말하고 있는 거예요. 원래 진실은 불편해요. 현실은 그렇게 아름답지 않아요. 진흙탕이죠. 같이 뒹굴면서, 더러워지면서 나아가는 거예요. 그래야 세상이 바뀌죠.

시대의 금서들

어떤 책을 쓰거나 읽거나 소지하거나 출판하거나 유통하는 일이 금지된다는 것은 어떤 이유에서건 야만적인 일이다. 그런데 그 야만적인 일들이 인류사를 관통하며 계속해서 일어났다. 금지의 이유도 다양하다. 체제 비판적이라서, 신을 모독했기 때문에, 너무 야해서, 너무 버릇 없어서…. 세월이 흘러 다시 생각해보면 다 말도 안 되는 소리일 뿐이지만. 70, 80년대의 한국에서는 마르크스나 사회주의, 공산주의와 관련된 모든 책들이 금서였던 시절도 있었다. 한때 국방부에서 작성했다는 금서목록이 공개되어 화제가 된 적도 있다. 장하준의 『나쁜 사마리아인들』이나 권정생의 『우리들의 하느님』같이 좋은 책들이 다수 금서목록에 포함되어 있어서 양심적 지식인을 위한 추천도서 목록이라는 이야기까지 나올 정도였다.

●

『난장이가 쏘아올린 작은 공』 조세희 지음, 이성과힘

시 같은 소설이다. 혹은 소설처럼 쓴 시다. 모든 문장이 간결한 아름다움으로 꽉 차 있어서 이 책의 모든 문장을 필사하며 문학에의 꿈을 키웠던 사람이 나 하나만은 아닐 것이라고 확신한다.(그때 필사한 노트는 어디로 갔을까?) 1970년대 산업화, 도시화의 비극을, 난장이 가족의 이야기를 중심으로 구성한 연작소설인데 노동 문제나 도시빈민 문제를 너무 적나라하게 보여주고 있기에 금서가 되었다. 지금은? 학교마다 추천도서 목록의 제일 윗자리를 차지하고 있으며 국어 교과서에도 등장한다.

●

『아기공룡 둘리』 김수정 지음, 대원키즈

엇? 내가 아는 그 둘리? 만화 둘리? 맞다. 바로 그 둘리도 금서였다. 정확히는 금서로 지정하라는 요구에 10년 이상 시달린 책이다. 도대체 이유가 뭘까? 그건 둘리가 버릇이 없기 때문이었다! 어른에게 대들고 반말하고, 어른을 골탕 먹이는, 이 엄청나게 막나가는 캐릭터가 그래도 살아남을 수 있었던 것은 둘리가 사람이 아니라 공룡이었기 때문이라는 이야기가 있다. 둘리가 얼마나 재미있는지 여기서 구구절절하게 이야기할 필요는 없을 것 같다. 다 아니까.

●

『오즈의 마법사 1: 위대한 마법사 오즈』
라이먼 프랭크 바움 지음, 최인자 옮김, 문학세계사

캔자스의 소녀 도로시가 회오리바람에 휩쓸려 오즈라는 나라로 떨어지면서 벌어지는 사건들을 담은 이 이야기는 너무도 유명해서 모르는 사람이 없을 정도지만, 실제로 이 책을 읽은 사람은 많지 않을 것이다. 물론 이 책 말고도 너무 유명해서 내가 읽었다고 착각하는 책들이야 많지만. 이번 기회에 진짜로 읽어보기를 권한다. 그런데 이 책이 왜 금서가 되었냐고? 놀라지 마시라. 여자가 주인공이면서 사자와 허수아비와 양철나무꾼 일행을 이끄는 리더이기 때문이었다. 1920년대 미국에서는 그런 말도 안 되는 이유로도 금서가 되었다.

낯선 세계에서
나를 만나다

『잠들면 안 돼, 거기 뱀이 있어』

다니엘 에버렛 지음, 윤영삼 옮김, 꾸리에북스

두꺼운 책이라는 벼랑 기어오르기

　책 읽는 능력은 어떻게 발전할까요? 제 경험에 기초해보면 독서 능력은 완만하게 점진적으로 성장하는 게 아니라 갑자기 어느 날 폭발적으로 성장합니다. 그냥 편안하게 머물러 있으면 그냥 그 자리에 있게 돼요. 버둥거리면서 벼랑을 한번 올라가는 경험이 있어야 발전을 합니다. 그래서 이번에는 세 권의 두꺼운 책을 넣었습니다. 이번 시간에 읽을 『잠들면 안 돼, 거기 뱀이 있어』와 다음 시간에 읽을 『헬프』(전 2권), 『총, 균, 쇠』가 거기에 해당되죠.

　『잠들면 안 돼, 거기 뱀이 있어』, 책이 두껍습니다. 번역자의 후기까지 합쳐서 496쪽이에요. 게다가 소설도 아닙니다. 이 책은 다니엘 에버렛이 30여 년간 아마존 지역의 피다한 부족을 지속적으로 방문하고, 또 함께 살면서 있었던 일을 기록한 책이에요. 그렇다고 30여 년 동안 이 사람이 계속 피다한 사람들과 완전히 꼼짝도 안 하고 같이 산 건 아니었고요. 연구도 일종의 직업이니 당연히 휴가가 있어요. 휴가받은 동안은 미국으로 돌아와서 생활하기도 했죠. 집중적으로 같이 생활한 기간도 있고, 또 1년에 일부 기간만 방문해서 연구의 부족한 부분을 보충하기도 하고, 그러면서 연구를 계속했을 거예요. 연구기간과 집중도로 보면 독보적인 책이라고 할 수 있어요. 한 지역만 붙들고 그렇게 긴 세월 있었던 사람은 흔치 않고, 그래서 이 사람이 피다한 부족에 대해서 쓴 이야기는 다른 사람들이 낯선 부족에 대해서 쓴 이야기보단 훨씬 더 믿을 만합니다. 〈아마존의 눈물〉처럼 잠깐 가서 찍어 온 건 아니라는 거죠.

그렇다면 궁금하지 않나요? 다니엘 에버렛은 왜 아마존의 피다한 마을에 갔을까요? 두 가지 이유가 있습니다. 첫 번째는 다니엘 에버렛이 독실한 기독교 신자였기 때문에 기독교 교리를 전파하기 위해서 간 거예요. 그리고 언어학을 전공했기 때문에 피다한 언어라고 하는 특수한 언어에 대해 연구하기 위해 갔어요.

언어는 언어끼리 서로 영향을 주고받아요. 예를 들면 네덜란드 사람들이 보통 3개 국어, 4개 국어 한다는 이야기 많이 들었죠? 그럼 그 사람들은 천재일까요? 사실을 말하자면, 그 동네 언어들이 다 비슷비슷해서 하나의 언어를 할 줄 알면 나머지를 쉽게 익힐 수 있다고 해요. 그러니까 오스트리아어와 독일어는 똑같지는 않지만 신경 쓰면 알아들을 수 있는 정도라는 거죠. 서로서로 영향을 주고

받았다는 거지. 그런데 피다한어는 그런 게 없다고 합니다. 워낙 아마존의 고립된 지역에서 살고 있는 부족이어서인지 특별히 '이 사람들의 언어가 누구누구네 언어와 닮았다'라고 하는 게 없는 거예요. 다시 말해 지구상에서 피다한 사람들 말고는 아무도 피다한어를 모르는 거죠. 그런데 이 언어가 차츰 사라져가고 있다고 해요. 언어에 담긴 인류의 지혜도 계속 사라져가고 있으니까 많은 언어학자들이 그렇게 사라져가는 소수인종의 언어를 지키기 위한 연구들을 계속하고 있어요.

그런데 이 두 가지 목적은 사실은 하나라고 할 수 있어요. 다니엘 에버렛은 피다한 언어를 잘 배워서 피다한어로 성경을 번역해서 피다한 지역에 기독교 복음을 전파하려고 한 거니까요.

언어는 문화를 반영한다

한번 상상해봅시다. 나는 피다한어를 하나도 모르는데 피다한어를 배워야 한다면? 상대방은 내가 아는 언어, 예를 들면 영어나 포르투갈어를 몰라요. 어떻게 배울 수 있을까요?

 같이 살면서 배워야 하지 않을까요?

 따라 하면서요.

 모국어 배우듯이.

반복되는 말이 있잖아요. 그 반복되는 말 위주로 하다 보면
늘지 않을까요?

여러분들이 얘기한 게 다 맞아요. 어떻게 하냐 하면 일단 나를
가리키면서 말하지. "박현희. 박현희."

 (선생님이 손짓으로 지목하자 자신을 가리키며) 김수연.

그럼 이제 "아, 김수연!" 서로 이름을 알 수 있죠. 그리고 피다한
말로 필통, 연필, 이런 식으로 하나하나. 나중에는 단어와 단어를
연결해서 '필통', '볼펜', '넣는다' 이 단어를 가르쳐주겠죠. 그러니까
얼마나 힘들겠어요. 이렇게 배워서 성경을 번역할 계획을 세웠으니
이 사람도 참 엄청난 사람이죠? 그러니까 30년이나 걸린 거죠.

 나중에 성경을 번역했어요?

그건 맨 마지막에 말해줄게요. 이게 최강 스포일러라서 지금 말
할 수 없어요.

이 책은 두께도 인상 깊지만 제목이 진짜 특이합니다. 『잠들면
안 돼, 거기 뱀이 있어』. 도대체 이게 무슨 말일까요?

잠들기 전에 "잘 자", 일본사람 같으면 "오야스미나사이_{おやすみなさ}
_い", 미국사람 같으면 "굿 나잇Good night" 할 바로 그 타이밍에 피다한

사람들은 "잠들면 안 돼, 거기 뱀이 있어"라고 한답니다. 잠자기 전 인사말이었어요! 이 요상한 밤 인사의 정체를 알아봅시다. 첫 번째 이유는 피다한 말에는 의례적인 말이 없기 때문이라고 합니다.

피다한 말을 배우면서 가장 놀라웠던 것은 바로 언어학에서 '친교적인 소통'이라고 하는 기능을 하는 말이 없다는 사실이었다. 친교적인 소통이란 상대방의 감정이나 반응을 알아주고 얼러주며 사람 사이에 대화 채널을 유지하는 기능을 하는 커뮤니케이션 요소를 말한다. 예컨대 '안녕', '잘 지냈어?', '잘 가', '미안해', '감사합니다', '별 말씀을 다 하시네요'와 같은 표현들이 친교적인 소통에 속한다. 이런 말들은 세상에 대해 어떤 새로운 정보를 전달하거나 질문을 하는 것이 아니라 단순히 상대방과 선의를 다지고 존중하는 관계를 맺기 위해 사용한다. 피다한 문화에는 이런 종류의 커뮤니케이션이 전혀 필요하지 않다. 이들의 말에는 어떤 정보에 대해 물어보거나(질문) 새로운 정보를 전달하거나(진술) 어떤 행동을 지시하는(명령) 말이 거의 전부이다.

"잘 자", "내 꿈꿔", "좋은 밤 돼" 이런 말 자체가 원래 존재하지 않는다는 거예요. 고맙다, 미안하다, 실례한다, 이런 말 자체가 없어요. 그렇다면 피다한 사람들은 굉장히 불친절한 사람들일까요? 과연 의례적인 말의 정체는 무엇일까요?

지금으로부터 30년 전과 지금의 한국사회를 볼 때 이런 의례적이고 친교적인 말이 더 많아진 것은 30년 전일까요, 지금일까요? 한

번 생각해봅시다. 우리는 서구화되고 산업화되면서 그런 말들을 더 많이 하게 되었습니다. 그런데 왜 그렇게 되었을까요? 왜 의례적인 말들이 많이 필요해졌을까요?

사람을 대하는 일이 더 많아져서 아닌가요?

그냥 사람을 대하는 일이 더 많아진 건 아니지. 선생님이 옛날에 어렸을 때, 초등학교 다닐 때 우리 집엔 한 10명이 넘는 식구들이 살았어요. 지금 우리 집은 3명이 살아요. 그 당시에 우리 반에는 학생 수가 60명이 넘었는데, 지금은 30명이 한 반이에요. 사람을 더 많이 대해서는 아닌 것 같고. 사람을 많이 만나는데 그 사람이 낯선 사람인 경우가 많죠. 만약에 여러분들이 지금으로부터 40년, 50년 전쯤에 농촌에서 태어나서 성장했다면 낯선 사람을 한 번도 안 만나고 평생을 살 수도 있었겠죠?

가족끼리 얘기하면서 "실례하지만, 잠깐 지나갈게요", "고마워요", "미안합니다" 그러나요? 그런 말은 다 적당히 예의를 갖춰야 되는, 거리가 있는 사이에서 쓰는 말이죠. 피다한 부족에겐 왜 그 말이 없겠어요? 그런 관계 자체가 존재하지 않으니 그런 의례적인 말이 필요 없는 겁니다.

제일 열 받을 때가 "어, 미안해. 진짜 미안해, 미안해" 그런 다음에 내일 또 똑같은 짓을 하면 진짜 화나죠. 차라리 미안하다고 말 안 했으면 모르는데 "어, 미안해, 미안해", 오늘도 늦고 "미안해, 미안해", 내일도 또 "미안해, 미안해" 그러면 그 사람이 미안하다고 말할 때 화가 나잖아요. 그러니까 딱 한 번 만나는 관계에선 "미안해, 미안해" 그걸로 되지만 그 관계가 지속될 때는 우리는 이 사람이 진짜 나에게 미안해하고 있는 걸 말보다는 행동으로 알겠죠. 물론 우리는 피다한 부족이 아니기 때문에 미안하다는 말도 필요하지만 인간 사회의 진짜 진실은 말보다는 행동에 있죠.

제가 이걸 읽으니까 결혼하고 나서 선생님 남편과 겪었던 갈등이 생각나더라고요. 선생님은 고마워, 미안해, 잘했어, 이런 의례적이고 친교적인 말을 되게 잘해요. 직업이잖아. 저는 공부도 가르치지만 이 순간에 이런 말을 써야 한다는 것도 아이들에게 가르쳐줄 책임이 있는 사람이니까. 옛날에도 그런 말을 잘했는데 점점 더 잘하게 된 거죠. 그런데 선생님 남편은 미안하다는 말을 잘 하지 않는 사람이었어요. 그러니까 저는 늘 그게 불만이었던 거죠. 왜 미안하다고 하지 않지? 정말 자기가 잘못한 걸 알긴 알아? 이 생각이 속에서 부글부글 끓으니까 겉으로는 화해가 된 것 같지만 속으로 계속 앙금이 남아 있는 거예요. 그랬다가 어느 날 진짜 나쁜 건 나라는 것을 알았죠. 저는 빨리 미안하다고 말하고 다음에 비슷한 일을 계속 반복해요. "어, 미안, 미안. 깜박 잊었어. 어쩜 좋아?" 막 이러면서. 그런데 선생님 남편은 미안하다고 말은 안 하지만 정말 미안한 마음이 생기면 그걸 벌충하기 위해서 행동으로 여러 가지를 보여주는 거예요. '아, 정말 미안하게 생각하고 있구나.' 그런데 저는 미안하다고 백 번 말하고 하루도 속죄하는 행동을 하지 않는 거죠. 어느 게 진짜 속죄일까요? 일주일씩 한 달씩 정말 미안함에 대한 보상을 하는 게 진짜 속죄 아닐까요?

피다한 부족도 그렇다는 거예요. 다니엘이 가지고 있는 물건을 깨뜨리고도 미안하다는 소리도 하지 않고 사고를 쳐서 다치게 만들어도 미안하다고 안 하고, 이 사람들은 진짜 이상한 사람들이다 생각했었지만, 나중에 보면 어떤 식으로든지 보상을 하더라는 거예요. 한 번 보고 헤어질 사이가 아닌 관계에서는 의례적인 말보다 행동이 더 중요하죠.

인류는 원래 쪽잠을 잤다

이 이상한 인사말에는 또 다른 이유가 숨어 있어요. 피다한 사람들은 진짜 푹 자지 않아요.

피다한 사람들은 밤이든 낮이든 토막잠을 잔다. 보통 15분에서 2시간 정도 자는데, 그 이상 자는 일은 거의 없다. 이들은 밤새도록 온 마을이 시끄러울 정도로 떠든다. 이 때문에 이방인들은 피다한 마을에서 제대로 잠들지 못한다. '잠들면 안 돼, 거기 뱀이 있어'라는 피다한 사람들의 밤 인사는 단순한 빈말이 아니라 실질적인 조언을 담고 있는 듯하다. 정글 한가운데서 잠을 푹 잔다는 것은 위험한 일이다.

실제로 잠잘 때 뱀에 물려 죽은 사람이 있으니까 이거는 인사가 아니라 정말 거기 뱀이 있을 수 있기 때문에 주의하란 뜻으로 서로 주고받는 말인 거예요. 우리들도 그러잖아요. "그래, 열심히 공부하자." 이렇게 서로 격려하면서 자습실에 공부하러 들어가죠. 그냥 의례적인 말이 아니라 정말 그 순간 필요한 말이라서 하는 거죠. 피다한 사람들은 정말 그 순간 필요한 말을 그대로 할 뿐이지 "내 꿈꿔" 이런 소리는 안 한다는 거예요. 그런데 한꺼번에 푹 자지 않는 것은 피다한 사람들만의 특징은 아닙니다. 지금 우리처럼 자는 수면 패턴은 비교적 최근에야 정립된 패턴이라고 할 수 있어요.

> 기계와 정규 근무시간이 하루의 리듬을 규정하기 전까지 하루 일과는 여러 번의 휴식과 수면 시간으로 구성되었고, 자정이 지난 다음에도 어느 정도 깨어 있는 시간이 있었다. (중략) 도중에 잠이 끊이지 않도록 한꺼번에 죽 몰아서 자는 소위 '모노블록(monobloc)' 형태의 수면은 현대의 노동 분업 사회로 인해 탄생한 상대적으로 새로운 습관이다.
>
> 베른트 브루너, 『눕기의 기술』 중에서

인간이 원래 지금처럼 8시간씩 몰아서 푹 잤던 건 아니라는 거예요. 실제로 그렇게 잘 수 있게 된 것은 산업화 이후입니다.

저는 진짜 누가 업어 가도 모르고 자는 타입이에요. 일단 잠들면 끝장나는 타입. 눈을 감았다 뜨면 그냥 아침인 거예요. 남들은 고민이 되면 잠이 안 온다는데 저는 고민이 되면 더 잠이 와요. 고

민하기 싫으니까 일단 자는 거죠. 한마디로 둔한 거예요. 이런 사람
이 아마존에 살고 있으면 살아남을 확률이 굉장히 낮겠죠. 뱀이 와
서 쉭쉭 거리면 깨야 돼요. 생각해보면 인류는 아주 오랜 시간 그
렇게 살았을 겁니다. 그런데 산업화가 되었죠. 공장에 가서 일을 해
야 되는데, 컨베이어 벨트가 돌아가고 있는데 한두 시간 일하고 15분
자고, 두 시간 일하고 15분 자고, 이러면 일이 되겠어요? 안 되겠죠.
그러면서 점점 잠을 몰아서 자는 게 당연한 일처럼 받아들여지게
됐다는 거예요.

옛날엔 다 낮잠을 잤어요. 농사짓는 사람들이 한낮에 나무 그늘
아래서 낮잠을 잤고, 여러분들도 알다시피 낮잠 자는 풍습이 있는
나라들 많죠? 지금도 스페인에서는 씨에스타 시간이 되면 상점들이
문을 닫아요. 그리고 다시 저녁 무렵이 되면 어슬렁어슬렁 활동을
시작하고 늦게 자요. 자는 것만 그런 게 아니라 먹는 것도 산업사회
의 우리들과는 많이 달라요.

밥을 먹는 시간도 정해져 있지 않다. 누군가 새벽 3시에 물고기를 잡아
왔다면 그 때 바로 먹는다. 누구든 먹을 것을 가지고 돌아오면 가족들
은 일제히 일어나 먹기 시작한다. 24시간 중에서 남자들은 보통 4~6시
간 일을 해야 가족들에게 충분한 단백질을 공급할 수 있다. (중략)
채집은 주로 여자들의 몫으로, 4인 가족을 먹이기 위해서는 일주일에
12시간 정도 일을 해야 한다. (피다한 사람들의 가족은 대부분 4명이다.) 채
집과 낚시를 하는 데 들어가는 시간을 모두 합치면 일주일에 52시간 정

도가 되는데, 이를 아빠, 엄마, 아이들(때로는 할아버지까지) 모두 분담하기 때문에 어느 누구도 일주일에 20시간 이상 일을 하지 않는다.

우리는 하루에 8시간씩 주 5일 근무하는 걸 기본으로 하고 있어요. 그런데 피다한 사람들은 온 가족이 다 일하는 시간을 합쳐도 일주일에 52시간입니다. 인간은 문명이 발달하면 발달할수록 노동시간을 줄여온 게 아니라 계속 늘려왔죠. 그러니까 이 사람들은 먹는 것도 아무 때나 먹고, 일도 드문드문 조금 하고, 잠도 가끔가끔 자고, 그냥 대강 놀면서 헐렁헐렁 보내고 있다는 거예요. 『잠들면 안 돼, 거기 뱀이 있어』라는 제목 자체가 이 사람들의 라이프스타일을 아주 잘 보여주고 있는 제목인 거죠.

가혹해 보이지만 똑같이 존중받는 사람들

그럼, 피다한 사람들은 아기를 어떻게 키울까요?

칼에 베이든 불에 데든 다른 어떤 형태로든 다친 아기들은 엄마에게 혼이 난다. 아이가 아파서 울음을 터뜨리면 엄마들은 대개 아이를 노려보며 "응—!" 하는 소리를 내며 위협한다. 그런 다음 아이를 잽싸게 집어들어 화를 내면서 위험에서 벗어난 장소 아무 곳에나 풀썩 내려놓는다. 폭력적이지는 않지만 엄마도 아빠도 아이를 안아주거나 달래주지 않는

다. 혼을 낸 다음 아이를 돌봐줄 뿐이다.

이 사람들은 엄중한 환경에서 살아남아야 되는 겁니다. 그러니까 엄마 아빠가 아이를 일일이 쫓아다니면서 위험으로부터 막아주기에는 환경이 그렇게 녹록하지가 않아요. 아이가 위험으로부터 스스로 방어할 수 있도록 해야 되는 겁니다. 불이 뜨겁다는 건 한 번만 불에 데어보면 알죠. 칼에 찔리면 아프다는 건 한 번만 칼에 베여보면 알겠죠. 이렇게 해서 빨리 위험으로부터 몸을 지키는 법을 배우기 때문에 이 아이들은 10살도 되기 전에 사냥도 다닐 수 있고 낚시도 할 수 있게 되고 불도 능숙하게 다루게 되는 거예요. 이런 위험에 민감하게 반응하지 못하고 계속해서 다치는 행동을 반복하는 아이는 이 밀림에서 살아남을 수가 없습니다. '헬리콥터 맘'이라고 아이 주위를 빙빙 돌면서 아이에게 벌어질지 모르는 모든 상황들을 예상하고 대처해주는 엄마는 산업사회 이후에나 등장할 수 있는 거예요. 삶이 그 정도로 여유 있지 않고서는 아이를 그렇게 키우지 못한다는 거죠.

아이라고 해서 특별히 보호를 해주지 않는다면 이것은 아이에게 너무 가혹한 환경이 아닌가 싶은데, 꼭 그렇지는 않은 것 같아요.

'아이는 돌볼 대상일 뿐 귀 기울일 대상이 아니다'라는 서양의 뿌리 깊은 편견은 이곳에서 절대 통하지 않는다. 이곳 아이들은 제멋대로 날뛰며 자기가 하고 싶은 대로 고집을 부리고 시끄럽게 떠든다. 사회의 기대

피다한 부족의 아이들은 어려서부터 자신의 몸을 스스로 돌볼 수 있게 하는
양육방식으로 키워지며, 점차 공동체의 생존에 기여하는 존재로 성장한다.
(사진제공 꾸리에북스)

에 부응하든지 하지 않든지 그 모든 것은 아이들 스스로 선택해야 할
몫이다. 대개 아이들은 어느 순간 부모의 말을 따르는 것이 조금이라도
자신에게 가장 이익이 된다는 것을 자연스레 깨닫는다.

우리 사회에는 아이에겐 아이의 규칙이 있고 어른에겐 어른의
규칙이 있죠. 그래서 아이들을 잘 돌봐주는 대신 아이들의 발언권
은 별로 인정이 안 됩니다. 예를 들면, 엄마가 식사도 제때 차려주고
교복도 착착 빨아주고 이런 집은 그 대신에 아이의 발언권도 적죠.
그런데 자기 교복도 자기가 다려서 챙겨 입어야 되고 식사도 자기가
챙겨야 되고 이런 집은 어때요? 아이가 "엄마, 나 이렇게 해서 이렇
게저렇게 해야 되는데" 그러면 "그래, 알아서 해" 그러잖아요. 발언
권이 달라요. 이건 서로 반비례하는 관계가 아닐까요? 그러니까 피
다한은 비정해 보이지만 아이들도 공동체의 구성원으로 똑같이 인
정을 받는 겁니다.

우리가 생각할 때는 유럽사회, 서구사회가 훨씬 더 평등을 추구
하는 사회인 것 같지만 그런 산업화된 사회일수록 건강하고 장애
없는 성인 남성을 중심으로 구성되어 있고 나머지는 뭔가 부족한
존재들로 여겨지는 경우가 많습니다. 그런데 피다한 사회에서는 어
린아이이건 노인이건 뭔가 불편한 곳이 있건 없건 평등한 존재로 인
정받는 거예요.

자, 더 재밌는 이야기가 나옵니다. 피다한 사람들은 세 살짜리도
담배를 피워요.

피다한 사람들은 세 살짜리 아이가 담배를 피우는 것을 전혀 이상하게 여기지 않는 것이다. (중략) 피다한 사람들은 우선 건강에 심각한 위협을 가져다줄 만큼 담배를 많이 피지 않는다. 그들은 두 달에 한 번 담배를 얻을 수 있는데, 그 양도 하루 피우고 나면 모두 없어질 만큼밖에 안 된다. 그러나 그보다는 어른이 흡연의 '위협'을 받는다면 아이들도 똑같이 그래야 한다고 생각하는 것이다.

아이가 담배를 피우는 게 해롭다면 어른도 해로운 건데, 아이들만 못 피우게 하고 어른들은 피우고 있는 건 말이 안 되는 거예요, 이 사회에서는. 그런데 피다한 사람들이 담배 농사를 지어서 피우는 건 아니고 가끔씩 보급품에 섞여서 들어올 뿐이어서, 일단 담배가 너무 적기 때문에 아무도 중독자가 될 수 없어요. 중독될 만큼 피울 수 있는 기회가 생기지 않아요. 이게 아주 중요한 포인트라고 생각해요. '담배가 적으면 아무도 중독되지 않는다.' 청소년들이 담배 피운다고 엄청 걱정하는데, 담배 회사가 그렇게 많은 돈을 벌고 정부가 담배 회사를 운영하고 담배에서 세금을 걷는 식으로, 담배가 대량생산, 대량소비 되어야만 유지되는 사회구조에서 피우는 사람만 갖고 손가락질 하는 것도, 그러면서 해결책으로 담뱃값을 올리는 것도, 썩 바람직한 해결책으로 보이지는 않네요.

이렇게 세 살 때부터 담배 피우고 불에 데건 칼에 베이건 까딱도 안 하는 그런 사회에서 자란 10대는 어떻게 될까요?

피다한의 10대 아이들이 울적해 하거나 늦잠을 자거나 자신의 행동에 대해 책임지는 것을 거부하거나 기존의 생활방식이나 질서를 완전히 뒤집으려고 하는 것을 나는 거의 한 번도 보지 못했다. 실제로 이들은 공동체에서 생산성이 아주 높을 뿐만 아니라 체제에 순응하는 구성원들이다. 낚시를 잘하고 마을의 안전에 기여하고 먹을거리를 구하고 또 공동체가 실질적으로 생존하는 데 필요한 여러 일을 도맡아 한다. 10대의 번뇌, 우울, 불안과 같은 것은 피다한의 젊은이들에게는 존재하지 않는다. 그들은 특별히 어떤 문제에 대한 해답을 찾지 않는다. 이미 해답을 가지고 있는 듯 보인다. 새로운 질문을 떠올리는 일도 거의 없다. (중략) 이들의 삶은 만족스럽다. 이들의 양육방식은, 자신의 몫을 스스로 책임지는 법을 어릴 때부터 터득하게 함으로써 모든 구성원들이 자족하는 사회를 만드는 것이다.

내가 현재의 조건에서 충족될 수 없는 욕망을 가지고 있으면 되게 괴롭잖아요. 그런데 이 사람들은 그게 없다는 거예요. 왜 충족될 수 없는 욕망이 생겨날까요? 예를 들면 우리 사회에서는 텔레비전이 나에게 욕망을 막 불어넣어요. 저렇게 예쁘고, 저렇게 날씬하고, 저렇게 부유하고, 저렇게 잘나가는 사람들을 보면서 나는 좌절된 욕망으로 괴롭습니다.

피다한 사람들은 일찍 성에 눈을 떠요. 아무 때나 자고, 아무 때나 깨고, 아무 때나 밥 먹고, 일주일에 스무 시간만 일하면 다 먹고 살 수 있으니 남은 시간에는 뭘 할까? 여러 가지 즐거움을 찾아야겠죠? 그 중의 하나가 성관계를 갖는 거예요. 굉장히 자유분방한 성관계를 누리면서 살아요. 그러니까 억눌린 성적 욕구? 뭐 이런 것도 없는 거지. 피다한 사람들은 그래서 성적으로도 굉장히 개방적이에요.

 그럼 애는 누가 키워요?

아이를 어떻게 키우는지 알려면 피다한 사람들의 친족관계를 살펴보면 돼요. 피다한에서는 친족용어가 엄청 단순해요. 내 윗사람은 다 '마이히'고 동료들은 다 '하하이기'예요. '호아기'는 아들, '까이'는 딸. 그다음에 '삐히'라고 부모가 한쪽 또는 두쪽 모두 죽은 아이나 귀염둥이, 그러니까 마을의 아이를 가리키는 말인 거죠. 내 자식은 아들, 딸이 있고 그다음 마을의 아이가 있는 거지. 자기 자식도 키우지만 마을 전체가 마을의 아이, 즉 삐히를 키우는 거예요.

친족관계를 복잡하게 따질수록 그에 따라 친족관계와 관련한 제약이나 규범이 많아지는 거예요. 피다한 문화에 친족을 지칭하는 용어가 손에 꼽을 정도밖에 없다는 것은 그만큼 친족관계가 단순하다는 뜻이고, 관계를 복잡하게 만듦으로써 생겨나는 온갖 의례, 규범이 없다는 뜻이기도 합니다. 잘 생각해보면 친족관계 용어가 복잡한 사회일수록 관계 역시 복잡한 사회예요. 이 복잡함의 극단이 궁중예법에 있죠. '대왕대비마마'처럼 복잡한 용어가 생겨나는 것은 그 사람이 왕과 어떤 친족관계에 있느냐가 대단히 중요한 문제이기 때문인 거죠.

다니엘 에버렛은 선교에 성공했을까?

이제 맨 처음의 질문으로 돌아가봅시다. 다니엘 에버렛은 성경을 번역해서 선교를 하려고 피다한 지역에 갔죠? 다니엘 에버렛이 목적을 달성했을까요? 그가 목적을 달성하기에는 많은 장애가 있었어요. 먼저, 피다한 사람들은 직접 경험한 것 외에는 인식하지 못하는 특징이 있다고 해요. 다니엘이 예수 이야기를 하자 사람들이 이렇게 말해요. "다니엘, 네가 그 사람을 본 적도 없고 들은 적도 없는데 그가 한 말을 어떻게 알아?" 성서 속의 이야기를 전하기에는 문제가 있는 거죠. 두 번째, 피다한 사람들은 부족함을 느끼지 않아요. "네 엄마가 자살했다고? 우하하, 참 바보 같다." 다니엘 에버렛의 엄마가 자살했는데, "엄마가 자살하고 이런 어려운 개인사를 겪으면서 힘들고 고통스러웠는데 내가 이걸 신앙의 힘으로 극복하고 이렇게 왔다"라고 하면 그를 만났던 문명세계 사람들은 다 감동을 받으면서 자기 말에 귀를 기울여줬는데 피다한 사람들은 "하하하, 참 바보 같다"라고 하는 거예요. 말이 안 통하는 거죠.

사람들을 구원하려면 그들의 삶에 무언가 '부족하다'라는 인식을 심어줘야 하는데, 이 사람들은 되게 힘들게 살고 있지만 아무도 부족하다고 생각을 안 해요. 어느 정도냐 하면 다니엘 에버렛이 "내가 여기 왜 살러 온 거 같아?" 하고 사람들한테 물어봤더니 "여기가 살기 좋으니까"라고 답해요.

피다한어를 연구한 다니엘 에버렛은 피다한어의 문법이 단순하고 한정되어 있지만
소통은 결코 빈약하지 않다는 것을 깨달았다. 피다한 부족은
자신들이 말하고 싶어 하는 것은 무엇이든 다 표현할 수 있었다.

(사진제공 꾸리에북스)

내 삶의 여정에서 최고의 목표로 삼았던 하나님의 복음은 피다한 문화와 전혀 맞지 않는 것으로 드러났다. 이러한 혼란 속에서 나는 아주 단순한 교훈 한 가지를 깨우쳤다. 내가 그토록 신봉해온 영적인 복음에 대한 나의 확신, 세상 어디에서든 누구에게나 보편적으로 감흥을 줄 것이라고 믿어 의심치 않던 그 진리에 대한 나의 확신은 모두 엉터리였다는 것 말이다. 피다한 사람들에게는 새로운 세계관이 비집고 들어갈 수 있는 빈 틈이 없었다. 이들은 자신들의 세계관만으로 모든 것을 충분히 설명할 수 있었다. 다른 세계관의 끊임없는 공격에도 끄떡하지 않았던 것이다.

무엇보다도 피다한 사람들에게는 죄의식이 없다. 인류를 바른 길로 이끌어야 한다는 욕심은커녕 자기 자신을 바른 길로 이끌어야 한다는 생각도 없다. 모든 것을 그대로 받아들인다. 죽음에 대한 두려움마저도. 어쩌면 이들의 신앙은 자신들 안에 있다. 이들은 스스로를 믿고 자신을 '곧은 머리 사람들'이라 부르며 단지 그것만을 지키기 위해 살아갈 뿐이다.

그러니까 스스로가 가장 훌륭하고 이 땅이 가장 복된 곳이고 내가 하는 일은 옳은 것이고, 이렇게 생각하면서 살고 있으니 신앙이 들어갈 틈이 없는 거죠. 결국 다니엘 에버렛이 기독교 신앙을 버려요. 아마존 지역이나 아프리카에서 선교에 성공한 사례들이 있잖아요. 그건 그런 종교를 받아들일 수 있는 문화적 틀이 있어서 그런 거지 선교사가 훌륭하다고 해결되는 일이 아니라는 거예요. 지구상에는 종교가 전혀 필요 없는 사람들도 있다는 걸 30여 년 동안 같이 생활하면서 깨닫고 나자 다니엘 에버렛도 종교에 대해서 열정을 잃어버린 겁니다.

『잠들면 안 돼, 거기 뱀이 있어』를 읽으면서 우리는 다니엘 에버렛과 함께 피다한 사람들의 삶 속으로 들어가보는 경험을 하게 됩니다. 낯선 세계에 대한 관찰과 탐험의 기록들은 많고 많지만, 그 가운데 이 책이 특히 돋보이는 것은 한두 차례의 만남에 그치는 것이 아니라, 거의 평생을 두고 피다한 사람들과 교류해온 사람이 쓴 책이기 때문일 겁니다. 이 책 한 권에 한 사람의 온 생애가 담겨 있고, 수많은 피다한 사람들의 삶이 담겨 있는 거죠.

그런데 우리는 왜 낯선 세계에 대한 연구를 하고 낯선 세계에 대한 책을 읽을까요? 그것은 지금 여기에 있는 우리를 더 잘 보기 위해서입니다. 낯선 세계에 대한 이야기는 내가 중요하다고 생각하면서 아등바등 매달리고 있는 것, 예를 들면 대학입시, 비싼 아파트, 큰 차, 대기업 취직, 멋진 외모 같은 것들이 정말 내 삶의 본질적인 부분일까를 진지하게 다시 검토하도록 도와줍니다. 절대적이라고 생각했던 여러 가지 것들, 예를 들면 인간관계, 사회제도, 관습에 대해서도 다시 생각해보게 합니다.

그런데 우리 주변에도 낯선 세계가 있어요. 다음 시간에는 그동안 보지 못했던, 가려져 있던 존재들에 관하여 살펴보면서, 우리의 세계를 낯선 시각으로 보는 연습을 해봅시다.

우리를 성장시키는 낯선 세계, 낯선 시각

"자세히 보아야 예쁘다 오래 보아야 사랑스럽다"던 나태주 시인의 시를 기억하는가? 그건 꽃에만 해당되는 이야기가 아니고, 내 곁의 친구에만 국한되는 이야기도 아니다. 우리가 알지 못하는 낯선 세상에도 해당되는 이야기다. 『잠들면 안 돼, 거기 뱀이 있어』처럼, 낯선 세상 속으로 들어가 삶의 또 다른 진실을 발견하는 이야기를 담은 책들이 많다는 것은 참으로 다행스러운 일이다. 이런 책들을 통해 우리는 지금 여기서 우리가 경험하는 세계가 세상의 전부는 아니며 유일한 삶의 방식도 아니라는 것을 깨닫게 된다. 그만큼 넓고 깊은 세계가 펼쳐지는 것이다.

●

『오래된 미래』 헬레나 노르베리-호지 지음, 양희승 옮김, 중앙북스

스웨덴의 언어학자인 헬레나 노르베리-호지가 '리틀 티베트'라고 불리는 인도의 고산 지대 라다크에서 오랜 시간 살면서 기록한 라다크 사람들의 이야기다. 물질적으로 풍요롭지는 않지만 행복하게 살아가고 있는 이들의 모습을 담담하게 기록하면서 그들의 행복이 어디에서 오는가를 독자들에게 찬찬히 설명해준다. 문제는 라다크에도 산업화와 개발의 바람이 불어닥쳤다는 것. 자부심에 넘치던 라다크 사람들이 스스로를 부끄럽게 여기고 물질문명을 좇으며 몰락해가는 과정을 읽고 있노라면 가슴 한 켠이 아릿해져온다. 논픽션도 시처럼 아름답고 소

설처럼 흥미진진할 수 있다는 것을, 나는 이 책을 읽으며 처음 알게 되었다.

●

『커피밭 사람들』 임수진 지음, 그린비

지리학자 임수진은 문득 궁금해졌다. 커피의 마력은 전 세계 사람들을 사로잡았고, 커피에 관한 온갖 글들이 쏟아지는데, 왜 정작 커피나무를 키우고 커피 열매를 따는 사람들에 대한 글은 없을까? 그래서 코스타리카로 갔다. 그곳 커피 농장에서 일일이 손으로 커피 열매를 따는 노동을 함께하며, 평생을 커피밭에서 살아가는 사람들의 이야기를 기록했다. 『커피밭 사람들』은 숫자와 통계에 파묻혀 보이지 않았던 '사람들'의 이야기를 들려준다. 책상머리에 앉아 참고문헌을 뒤적이며 쓴 책에서는 결코 만날 수 없는 이야기가 있다.

●

『우리 아이들』 로버트 D. 퍼트넘 지음, 정태식 옮김, 페이퍼로드

어떤 수저를 가지고 태어나느냐에 따라 이미 많은 것이 결정되어버리는 사회, 이런 문제가 비단 한국 사회만의 문제는 아닌 모양이다. 로버트 D. 퍼트넘은 이 책에서 미국 사회에 번진 금수저와 흙수저의 문제를 놀라울 정도로 생생하게 밝혀내고 있다. 퍼트넘이라면 이미 『나 홀로 볼링』이라는 역작을 통해 세상에 이름을 널리 알린 학자이며 저술가이다. 『나 홀로 볼링』에서 미국 사회에 만연한 공동체의 붕괴 문제가 민주주의의 위기를 가져오고 있다는 것을 밝혔던 퍼트넘은 『우리 아이들』을 통해 빈부격차가 미래 세대를 파괴하고 있음을 증언하고 있다.

7강

세상을 바꾸는
목소리

『헬프』(전 2권)

캐스린 스토킷 지음, 정연희 옮김, 문학동네

너무 재미있어서 천천히 읽고 싶은 책

일곱 번째 강의에 오신 여러분들께 감사드립니다. 알고 있어요. 여러분들이 분주한 하루하루를 보내느라 언제나 동동거리고 있다는 것을. 그리고 독서가 여러분들의 'to do list'의 맨 윗자리를 차지하지 않는다는 것도. 그래서 더욱 감사합니다.

우리의 삶에서 반드시 해야 할, 혹은 꼭 하고 싶은 일들의 맨 윗자리를 독서가 차지하는 것이 옳은 일은 아니라고 생각해요. 독서 유발 인문학 강독회로 여러분들을 초대한 제 생각도 그렇습니다. 직접 내 몸으로 부딪히며 해야 할 중요한 일, 좋은 일들이 세상에는 많이 있습니다. 저는 그런 일에 여러분들이 흠뻑 빠져들기를 바랍니다. 하지만 그래도 잠시 멈출 시간이 생겨난다면 책을 읽는 것도 좋다고 생각합니다. 책은 여러분들을 거인으로 만들어줘요. 생각지도 못했던 세상에 발을 디딜 수 있게 해주고, 만날 수 없었던 사람들을 만나게 해주죠. 내 생각과 감정이 엄청나게 확장되는 경험을 하게 될 겁니다. 그 덕분에 잠시 틈을 내어 읽었던 책은, 그다음 걸음, 그다음 만남, 그다음 시선을 전혀 새로운 것으로 만들어줄 거예요. 바로 이것이 우리가 책을 읽는 이유랍니다.

정신없이 책에 빠져 있다가 문득 정신을 차리고 보니 페이지가 얼마 남지 않았을 때, 남은 페이지를 홀딱 읽어치우는 것이 너무 아까워서 책 읽기를 멈춰본 경험 있나요? 남은 이야기를 한 장씩, 두 장씩 아껴 읽으며 행복을 연장하기 위해 노력해본 경험 있나요? 오늘 함께 읽을 책, 『헬프』는 독자들에게 그런 경험을 선사합니다. 두툼한 두 권의 책으로 출판되었어요. 1, 2권을 다 합치면 760쪽이나 돼요. 그렇지만 장담할 수 있어요. 이 책을 처음 펼칠 때는 책이 너무 두껍다고 생각할지 모르지만, 책을 덮을 때쯤에는 이 재미있는 이야기가 고작 760쪽밖에 안 된다는 사실이 안타깝다고 생각할 거예요. 헉! 그런 일이? 예, 장담합니다.

벡델 테스트로 살펴보는 영화 속 여자들의 모습

본격적으로 『헬프』 속으로 들어가기에 앞서 아주 흥미로운 테스트 하나를 소개하려고 합니다. '벡델 테스트'라고 들어보셨나요? 미국의 만화가 앨리슨 벡델Alison Bechdel이 제안한 테스트로, 1985년 신문에 연재되었던 「경계해야 할 레즈비언Dykes To Watch Out For」이라는 만화 속 캐릭터가 영화를 보러 가면서 친구에게 언급한 테스트가 시초가 되었다고 하죠. 벡델 테스트는 영화 속에서 여성이 어느 정도 비중 있게 다루어졌는가를 확인하기 위한 질문들로 구성되어 있습니다.

① 이름을 가진 여자가 두 명 이상 등장하는가?
② 이들이 서로 대화를 나누는가?
③ 이 대화 내용에 남성과 관련된 것이 아닌 다른 이야기가 등장하는가?

이 질문들을 보니 살짝 웃음이 나오지 않나요? '이런 엉터리 테스트가 어디 있어?' '이런 테스트를 통과하지 못할 영화가 세상에 존재하기는 할까?' 하는 생각이 들 만큼 레벨이 아주 낮은 테스트예요. 양성이 평등하게 구성되어야 한다는 것도 아니고, 여성에 대한 편견을 담지 말아야 한다는 것도 아니고, 그저 이름을 가진 여자들이 등장해서 그들끼리 그들의 이야기를 나누는 것은 너무나 당연하지 않을까?

하지만 테스트 결과는 놀랍습니다. 2015년 1,000만 이상의 관객을 동원한 흥행 성공 영화는 〈국제시장〉, 〈암살〉, 〈베테랑〉, 이렇게 세 편인데요, 벡델 테스트의 첫 번째 질문을 적용해보겠습니다. '이름을 가진 여자가 두 명 이상 등장하는가?' 첫 번째 테스트는 모두 통과입니다. 두 번째 질문, '이들은 서로 대화를 나누는가'에서는, 〈암살〉만 테스트를 통과합니다. 〈암살〉은 세 번째 질문, '대화 내용에 남성과 관련된 것이 아닌 다른 이야기가 등장하는가'도 통과합니다. 세 편의 대박 흥행 영화 가운데 단 한 편만 벡델 테스트를 통과했어요. 그냥 이름을 가진 여자들이 나와서 자기들의 이야기를 나누는 장면이 있는가를 묻는 단순한 테스트임에도 불구하고 그렇습니다. 테스트를 통과한 〈암살〉조차도 통과 여부에 살짝 의문을 제기할 수 있어요. 이름을 가진 여성 캐릭터는 전지현이 1인 2역으로 연기한 것이거든요. 등장인물로는 두 사람인지 모르지만 실은 한 사람으로 보아야 한다는 주장이 제기될 수도 있는 상황입니다.

2015년 흥행 영화만으로 대상을 지나치게 한정한 것은 아닌가, 반론을 제기할 수도 있을 것 같습니다. 영화 속 여성의 존재가 실종되다시피 한 것은 혹시 2015년의 특수한 상황일 수도 있을 테니까요. 그래서 대상을 한국 영화 역대 흥행작 TOP 10으로 넓혀보겠습니다. 〈명량〉, 〈국제시장〉, 〈도둑들〉, 〈7번방의 선물〉, 〈광해〉, 〈변호인〉, 〈해운대〉, 〈괴물〉, 〈왕의 남자〉, 〈설국열차〉, 이렇게 열 편입니다. 이 가운데 벡델 테스트를 통과한 작품은 〈도둑들〉, 〈광해〉, 〈해운대〉, 〈괴물〉, 이렇게 네 편입니다.

여자가 멋지고 긍정적인 캐릭터로 등장한다거나, 여자가 스토리를 이끌어가는 중심인물로 설정된다거나, 여자가 남성과 대등한 비중을 차지하는 영화를 찾자는 것이 아니랍니다. 벡델 테스트는. 그저 여자를 배경 이상으로, 지나가는 사람 A, B, C 이상으로 등장시켜주는지 여부만을 따져보자는 것이죠. 그런데도 테스트를 통과하는 영화가 그토록 적다는 것이 의미하는 바를 생각해보지 않을 수 없습니다.

하지만 이 질문만으로는 한계가 있어요. 2013년에 개봉된 영화 〈그래비티〉의 경우를 생각해볼까요? 우주 미아가 될 뻔했던 여성 우주 비행사가 지구로 귀환하기까지의 여정을 그리고 있는 이 영화는 여성이 중심인물로 등장합니다. 이만큼 여성의 존재를 긍정적으로 부각한 영화도 흔치 않죠. 그러나 이 영화는 벡델 테스트를 통과할 수 없어요. 왜냐하면 등장인물이 여성 우주 비행사 한 명뿐이거든요. 상대역이었던 남성 우주 비행사는 영화 초반에 일찌감치 죽음을 맞이하고, 여성 우주 비행사 홀로 남아 한없이 외로운 싸움을 해나가기 때문이죠. 이와 같은 한계를 보완하기 위해 다양한 테스트들이 등장하는데요, 그 중 하나가 '마코 모리 테스트'입니다. 영화 〈퍼시픽 림〉의 여성 로봇 조종사 마코 모리의 이름에서 따온 테스트로 통과 기준은 다음과 같습니다.

① 최소 한 명 이상의 여성이 등장하는가?
② 그 여성이 자신의 이야기를 갖고 있는가?
③ 그 이야기가 남성 인물의 이야기를 보조하는 데 그치진 않았는가?

이 테스트는 여성이 영화에 몇 명이나 등장하는지보다 여성이 중심인물로서 얼마나 비중 있게 그려져 있는가를 따져보기 위한 것입니다. 벡델 테스트나 마코 모리 테스트를 통해 우리가 알아차리게 되는 것은 극장에서 상영되는 많은 영화들이 '사람들'의 이야기를 다루고 있는 것 같지만, 실은 '남자들'의 이야기를 하고 있다는 겁니다. 여자는 유령처럼, 그림자처럼, 보이지 않는 존재인 거죠.

벡델 테스트나 마코 모리 테스트는 보이지 않는 존재로서의 여자들에 대해 문제제기를 하고 있지만, 보이지 않는 존재가 오직 여자들뿐일까요? 벡델 테스트를 장애인에게 적용해볼까요?

① 이름을 가진 장애인이 두 명 이상 등장하는가?
② 이들이 서로 대화를 나누는가?
③ 이 대화 내용에 비장애인과 관련된 것이 아닌 다른 이야기가 등장하는가?

이런 테스트를 통과하는 영화가 얼마나 될까요? 여성, 장애인 대신 성적 소수자를 넣는다면? 탈북자를 넣는다면? 이주 노동자를 넣는다면? 엄연히 존재하지만 보이지 않는 존재들이 세상에는 아주 많이 있습니다.

그렇다면 이들은 왜 보이지 않는 걸까요? 이 의문에 대한 답은, 시대를 조금 더 거슬러 올라가면 쉽게 찾을 수 있을 것 같네요.

인상파 화가로 유명한 에두아르 마네는 〈올랭피아〉라는 그림을 그렸습니다. 전라의 여성이 비스듬히 누워 그림을 바라보는 이에게 정면으로 시선을 던지는 그림이죠. 1865년 프랑스의 아카데미 살롱전에 출품했는데, 이 그림이 전시되자 비난이 빗발쳐서 결국 잘 보이지 않는 구석으로 숨겨버렸다는 일화가 있어요. 왜 사람들은 이 그림을 비난했을까요? 그것은 바로 그림 속에서 벌거벗은 여자가 신이 아니라 인간, 그것도 미천한 신분의 여자였기 때문입니다. 이 여자의 직업은 매춘부였거든요.

근대 이전에 그림 속에서 벌거벗을 수 있는 것은 오직 신화 속 주인공들에게만 허용된 것이었습니다. 르네상스 시기로부터 수많은 누드들이 그려졌지만, 그들은 모두 신화 속 주인공, 그러니까 신이거나 신에 가까운 영웅들이었죠. 옷을 입고 있더라도 그림 속 주인공들은 모두 왕족이나 귀족이었습니다. 보통 사람들은 그림의 주인공이 될 수 없었어요.

시민혁명과 산업혁명으로 세상의 주인공이 바뀌자 비로소 그림 속 주인공들도 바뀌었습니다. 밀레는 이삭을 줍는 가난한 농부를 그렸고, 고흐는 감자로 초라한 한 끼를 때우는 가난한 사람들을 그렸습니다. 그리고 마네는 매춘부를 그렸죠. 이 그림들은 그다지 환영받지 못했어요. 아무도 그 그림을 사주지 않았습니다. 격렬한 비난에 시달리기도 했죠. 그런 우여곡절 끝에 보통 사람이 그림 속 주인공으로 자리를 잡았습니다.

아직도 여성이, 장애인이, 성적 소수자가, 탈북자가, 이주 노동자가 예술작품 속에서 당당한 주인공의 자리를 차지하지 못하고 있다

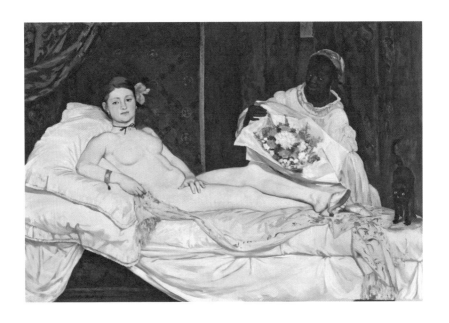

19세기 프랑스 미술계를 충격으로 몰아넣은 에두아르 마네의 작품 〈올랭피아〉.
'올랭피아'는 당시 매춘부들이 흔히 쓰는 이름이었다. 에두아르 마네는 사람들이
감추고 싶었던 욕망을 적나라하게 드러냈다.

에두아르 마네, 〈올랭피아〉, 캔버스에 유채, 1863년, 오르세 미술관 소장

면, 그것은 우리의 현실이 그렇기 때문입니다. 예술은 우리의 현실을 반영하죠. 당연히 영화도, 소설도 그렇습니다.

1960년대 미국 미시시피 주에서 흑인으로 산다는 것

오늘 우리가 함께 읽어볼 『헬프』는 또 다른 보이지 않는 존재들의 이야기를 다루고 있습니다. 백인 중심의 세계에서 살아가고 있는 흑인들의 이야기예요. 『헬프』가 1960년대 초 미국 남부 미시시피 주를 배경으로 하고 있다는 것은 이 책을 이해하는 데 아주 중요한 단서가 됩니다. 이야기가 펼쳐지는 시대와 장소가 바로 극심한 인종차별을 상징하고 있기 때문이죠.

남북전쟁(1861~1865년)으로 노예제도가 폐지되었지만, 인종차별도 함께 사라진 것은 아니었어요. 그로부터 100년이 흐른 1960년대 미국 남부에서는 여전히 인종차별이 상식처럼 자리 잡고 있었습니다. 흑인과 백인은 같은 상점을 이용하지 않아요. 같은 학교를 다니지도 않고요, 같은 동네에 거주하지도 않습니다. 모든 것에는 흑과 백을 가르는 선이 그어져 있고, 그 선을 넘으려는 흑인들에게는 무지막지한 폭력이 가해져요. 『헬프』에서도 인종차별주의 집단인 KKK단의 테러로 목숨을 잃거나 심각한 장애를 남기는 폭력에 시달리는 흑인들의 이야기가 틈틈이 등장해요.

『헬프』의 주인공인 아이빌린과 미니는 백인 가정에서 가정부로

일하는 흑인 여성이에요. 백인 가정에서 일하는 흑인 가정부는 백인 가정의 아이들을 키우고 집안일을 도맡아 하지만, 조금도 인간적인 대우를 받지 못하죠. 백인들은 흑인들은 더러운 존재이고 백인들에게 치명적인 질병을 옮길 수 있다고 굳게 믿고 있기 때문에, 흑인들이 사용하는 그릇을 따로 정해두고 부엌에서 따로 식사하게 합니다. 흑인과 백인은 한 테이블에 앉아 함께 식사할 수 없습니다. 흑인들은 언제든 도둑질을 할 수 있는 존재로 취급되기 때문에 은수저를 닦을 때면 작업 전과 후에 은수저의 숫자를 기록해두어야 하죠. 업신여김을 당하면서 낮은 임금을 받는 일자리이건만 시시때때로 해고의 위협에 시달려요. 한 번 소문이 잘못 나면 다시는 일자리를 구할 수 없고, 그러면 집세를 내지 못해 가족 모두가 길바닥으로 나앉아야 하는 처지이니 늘 조심, 또 조심하면서 살 수밖에 없죠.

누구도 흑인 남자가 입원한 병동이나 병실에서 백인 여자에게 간호를 요구할 수 없다.

백인이 백인 이외의 사람과 결혼하는 것은 위법이다. 이 조항을 위반한 결혼은 무효다.

유색인 이발사는 백인 여자나 소녀의 머리를 손질할 수 없다.

책임 관리자는 백인을 묻는 장소에 유색인을 묻을 수 없다.

백인 학교와 흑인 학교 간에는 책을 돌려 볼 수 없고, 처음 읽은 인종이 계속 본다.

21세기의 시각으로 보면 어처구니없다고 생각할 만한 이 법 조항은 진짜로 미국에서 시행되었던 법 조항들이에요. '짐 크로 법'이라는 이름이 붙어 있는 이 법은 공공장소에서 흑인과 백인의 분리와 차별을 규정한 법으로 1876년부터 1965년까지 시행되었습니다.

　그런데 이 동네에 새로운 유행이 퍼지고 있어요. 흑인 가정부 전용 화장실을 따로 마련하는 것인데요. 흑인들의 불결함 때문에 전염병이 옮을 수도 있으니 상식을 가진 백인 고용주라면 마땅히 그렇게 해야 한다는 것이 새로운 유행의 근거였습니다. 이 유행을 주도하는 사람은 미스 힐리, 그녀는 유색인 화장실이라는 아이디어가 유행에만 머물러서는 안 된다고 생각합니다. 진짜 법으로 만들어져 모두가 따르는 규칙이 되어야 한다고 믿기에 의회에 법안을 제출하기 위해 동분서주합니다.

　아이빌린이 일하는 집에서도 그 유행에 따라 차고에 화장실을 따로 만들었어요. 아이빌린의 백인 고용주는 미스 힐리의 친구이면서 추종자이기 때문이죠. 백인 고용주가 묻습니다. 유색인 전용 화장실을 따로 마련했으니 기쁘지 않으냐고. 아이빌린은 평생 몸에 익혀온 대로 공손하게 대답합니다. 기쁘다고. 고맙다고. 백인 고용주는 요구합니다. 앞으로는 그 화장실만 이용해달라고. 아이빌린은 다시 공손하게 대답합니다. "이제부터 유색인 화장실을 쓰지요. 그리고 백인 욕실은 클로록스로 다시 깨끗하게 닦아놓을게요." 그러나 그런 순종적인 가면 뒤에서 아이빌린은 마음 깊이 상처를 받죠.

1939년 미국 오클라호마 주, 유색인 전용 식수대에서 물을 마시는 흑인 남성의 모습.
미국 사회에서 인종차별 문화는 20세기 중반까지도 만연해 있었다.

나는 다리던 옷을 천천히 내려놓고 가슴속에서 쓰라린 씨앗이 자라는 것을, 트리로어가 죽은 뒤 심어진 그 씨앗이 훌쩍 자라는 것을 느낀다. 얼굴이 화끈거리고 혀가 바짝 마른다. 그녀에게 무슨 말을 해야 할지 모르겠다. 하지만 그 말만은 하지 않을 것이다. 그것은 확실하다. 그녀 역시 하고 싶은 말을 참고 있다는 것을 나는 안다. 말하는 사람은 아무도 없는데 우리는 계속 대화를 나누고 있으니 참으로 희한한 일이다.

평생 차별받고 살아왔음에도 불구하고, 차별과 멸시에는 익숙해질 수가 없어요. 그건 당연한 일이에요. 인간은 모두 존엄한 존재이기에 자신의 존엄을 무너뜨리는 대접에는 익숙해질 수 없어요. 괜찮다고 말한다고 해서, 입을 다물고 침묵과 복종을 선택한다고 해서 결코 괜찮은 것은 아니죠. 하지만 방법이 없어요. 백인 중심의 세상에서 법과 제도와 관습과 상식은 모두 백인의 편이에요. 잘못했다가는 죽거나, 죽을 만큼 두드려 맞거나, 해고당할 뿐입니다.

"당신들의 이야기를 책으로 쓰고 싶어요"

『헬프』의 또 다른 주인공 미스 스키터를 소개하겠습니다. 목화 농장을 경영하는 농장주의 딸이에요. 대학까지 졸업한 백인 여성이고요. 신문사에서 일을 하고 싶고, 글을 쓰고 싶고, 책을 내고 싶은 여성입니다. 하지만 전망이 보이지 않아요. 시대는 1960년대, 장소는 미국 남부. 보수적이기 이를 데 없는 곳이죠. 이곳에서의 삶은 흑인에게만 가혹한 것이 아니라 남다른 꿈을 가진 여성에게도 가혹해요. 대학을 졸업했어도 구할 수 있는 일자리란 속기사, 비서 정도예요. 집에서는 결혼을 재촉할 뿐이고 말이죠. 그러나 키 180센티미터의 삐쩍 마르고, 별로 예쁘지 않은 여자에게는 결혼도 쉬운 일이 아니에요. 남자들은 예쁘장하고, 아담하고, 그리고 고분고분한 여자를 원하니까요.

미스 스키터가 어찌어찌해서 지역 신문사에서 일자리를 하나 따냅니다. 미스 머나 칼럼인데요, 살림에서 어려운 점을 물어보는 독자들의 편지에 답을 해주는 칼럼이에요. '살림에 관한 것이라면 무엇이든 물어보세요' 정도의 컨셉이라고 생각하면 되겠네요. 와이셔츠의 얼룩을 빼는 법이나 골치 아픈 냄새를 제거하는 법을 묻는 독자의 질문에 답을 해주면 됩니다. 그런데 문제가 있어요. 미스 스키터는 살림살이에 대해 전혀 모른다는 것. 당연하겠죠? 살림살이는 죄다 흑인 가정부가 하는 가정에서 성장한데다가 이제 막 대학을 졸업했을 뿐인 젊은 여자인데, 살림에 대해 뭘 알겠어요?

미스 스키터가 궁리 끝에 친구네 집 가정부인 아이빌린에게 도움을 청해요. 수십 년 가정부 경력의 아이빌린은 살림이라면 척척박사죠. 미스 스키터가 독자 편지에서 적당한 질문을 골라 물어보면 아이빌린이 답을 해줍니다. 미스 스키터는 이걸 글로 쓰는 거죠. 평생 대화라고는 나눌 일 없는 사이였던 둘 사이에 연결끈이 생겨나요. 『헬프』의 흥미로운 이야기는 이 둘의 만남에서 시작되죠.

마침 미스 스키터는 뉴욕 출판사의 편집자 일레인 스타인의 충고에 따라 괜찮은 글감을 탐색하는 중이었어요. 일레인 스타인은 미스 스키터에게 "뻔한 이야기에는 시간을 낭비하지 마세요. 당신을 혼란스럽게 하는 것, 특히 다른 사람은 대수롭지 않게 여기는 것을 찾아 쓰세요"라고 충고를 했거든요. 어떤 것이 자신을 혼란스럽게 하면서 다른 사람은 대수롭지 않게 여기는 것일까? 미스 스키터는 계속 고민합니다. 그리고 자신을 키워준 흑인 가정부 콘스탄틴을 떠올리며 백인 가정에서 일하는 흑인 가정부 이야기를 쓰기로 결심하죠. 하지만 미스 스키터가 흑인 가정부 이야기에 대해 아는 것이 있을 리 없죠. 그래서 다시 아이빌린에게 도움을 청합니다. "당신의 이야기를 들려주세요. 내가 당신의 이야기를 글로 써보고 싶어요. 어쩌면 책으로 나오게 될지도 몰라요."

아이빌린은 처음에는 펄쩍 뛰고, 다음에는 망설이고, 두려워하고, 다시 망설이고, 두려워하는 시간을 거쳐서 힘겹게 미스 스키터의 제안에 응합니다. 어쩌면 이것은 사고로 죽은 아들의 꿈을 대신 이루는 것일 수도 있다고 생각했던 것 같아요.

> "그애는 『투명 인간』이라는 책을 읽었어요. 다 읽더니 미시시피에서 백인 남자 밑에서 일하는 유색인 남자의 삶에 대해 쓰고 싶다더군요."

아이빌린의 아들이 읽었다는 책이 『투명 인간』이라는 것이 인상 깊죠? 앞에서 남성 중심 사회에서 여성, 백인 중심 사회에서 유색인은 존재하되 보이지 않는 존재라고 이야기했었는데, 어쩌면 투명 인간이라는 표현을 써도 좋을 것 같네요. 아이빌린의 아들 역시 백인 남자 밑에서 일하는 유색인 남자는 투명 인간 같은 존재라는 생각을 했겠죠.

흑인 가정부 이야기를 책으로 쓴다는 것은 지금까지 보이지 않는 존재였던 이에게 형태를 부여하고, 이름을 부여하는 것입니다. 지금까지 아무것도 아닌 존재였던 이들을 의미 있고 중요한 존재로 바꾸어주는 일이죠. 물론 당시에 흑인 가정부가 등장하는 이야기가 없었던 것은 아니에요. 아주 유명한 이야기가 있죠. 마거릿 미첼의 『바람과 함께 사라지다』. 남북전쟁 시기, 미국 남부 애틀랜타 주를 배경으로 한 소설입니다. 그리고 이 소설에는 아주아주 충실한 흑인 유모가 매우 비중 있게 등장하죠. 이 소설은 나중에 영화로도 만들어졌는데, 여기서도 흑인 유모의 역할은 상당히 중요합니다. 그렇지만, 중요하게 등장했다고 해서 문제가 없는 것은 아니죠. 『바람과 함께 사라지다』는 백인의 시선으로 본 흑인 유모를 그리고 있어요. 아무도 그 흑인 유모 당사자가 어떤 생각을 하고 어떤 삶을 살았을지에 대해서는 신경 쓰지 않았어요. 그래서 『바람과 함께 사라지다』를 보는 흑인들은 불만스럽습니다.

이 집 뜰에는 진달래나무가 지천이라 봄이 오면 〈바람과 함께 사라지다〉의 배경처럼 보일 것이다. 나는 진달래도 싫고, 그 영화도 싫다. 영화는 노예생활을 성대하고 행복한 다과회처럼 그려냈다. 내가 유모 역을 맡았다면 스칼릿에게 초록색 커튼은 엿이나 바꿔 먹으라고 했을 것이다. 남자를 꼬드기는 드레스 나부랭이는 직접 만들든가.

미스 스키터의 생각도 마찬가지입니다.

"우리 백인들이 어떻게 느끼는지는 모두 다 알아요. 그들은 백인 가정을 위해 평생을 바치는 유모라는 존재로 미화되죠. 마거릿 미첼이 그 내용을 다뤘고요. 하지만 그런 유모에게 실제로 어떻게 느끼는지 물어본 사람은 아무도 없었어요."

이렇게 백인들의 시각에서 자기들 좋을 대로 그린 이야기 말고, 정말 흑인들의 시각에서 본 흑인들의 이야기를 담은 책이 나온다면 얼마나 좋을까. 아이빌린은 이 계획이 마음에 들었어요. 잘못되었을 경우 닥치게 될 고난을 생각하면 숨이 막힐 정도로 두렵지만, 그럼에도 불구하고 꼭 해야 할 일이라고 생각했죠.

아이빌린은 다른 가정부들을 설득합니다. 우리 이야기를 책으로 쓰려는 백인 여자가 있으니 그녀를 도와서 우리 이야기를 세상에 드러내자고 말입니다. 그런데 다들 거절합니다. 그건 너무 위험한 생각이니까요. 계속 말했지만, 죽거나 감옥에 갇히거나 해고되거나…. 닥칠 수 있는 모든 경우의 수가 다 위험해요. 그러던 중 흑인 가정부 한 명이 억울하게 감옥에 가게 되었어요. 이들은 마음을 고쳐먹습니다. 이대로는 안 되겠다, 무언가 해야 한다, 하는 생각에서였죠.

이들이 입을 열었습니다. 자신의 이야기를 하기 시작했습니다. 눈물 겨운 이야기도 있고, 고통스러운 이야기도 있지만, 때로는 훈훈한 이야기도 있습니다. 마침내 원고가 완성되고, 『가정부』라는 제목으로 책이 출판되었습니다. 드디어 존재하나 보이지 않았던 존재들이 세상에 모습을 드러내게 된 거예요.

자신의 언어로 쓰는 것이 힘이다

『헬프』의 모든 이야기는 1인칭입니다. 1인칭이란 '나는~'이라는 문장으로 전개되는 이야기죠. 하지만 이 '나'가 한 사람이 아니에요. 아이빌린, 미니, 미스 스키터, 이 세 사람의 시선으로 돌아가면서 이야기가 전개되기 때문이죠. 이 구성 또한 『헬프』의 주제 의식에 딱 들어맞습니다. 각자는 각자의 이야기를 하고 있어요. 흑인으로서 제 목소리를 내지 못하던 아이빌린이나 미니가, 그리고 백인이지만 남과는 다른 소망을 가지고 있는 여자로서 제 목소리를 낼 방도를 찾지 못하던 미스 스키터가 각자 자신의 이야기를 전개합니다.

자기 이야기를 세상에 드러내는 것은 어려운 일이에요. 하지만 어려움을 극복하고 자신의 이야기를 드러내는 순간, 이야기는 그 자체로 힘이 됩니다. 『헬프』의 흑인 가정부들의 하루하루를 상상해보세요. 멸시와 모멸의 나날이 계속되는데도 아무도 그들의 이야기를 모르기 때문에 바뀌지 않아요. 하지만 그들이 용기를 내어 자신의 이야기를 하게 되자 변화가 시작됩니다.

미스 스키터에게 자기 이야기를 들려준 흑인 가정부들은 최소한 자신들이 해고될 거라고 생각했어요. 그걸 각오하고 자기 이야기를 털어놓은 것이죠. 고용주의 잘못을 세상에 대고 떠들어댔으니 해고는 당연하다고 생각했죠. 하지만 이들은 해고되지 않았어요. 등장인물의 이름과 지명을 바꾸어 출판했지만, 『가정부』를 읽은 백인 고용주들은 이것이 자신의 이야기인 것을 알아챘습니다. 하지만 가정부를 해고할 수는 없었어요. 가정부를 해고하면 가정부를 비인간적으로 대접한 성질 고약한 고용주가 바로 자기라는 것을 세상에 인정하는 꼴이 되어버리니 절대로 해고할 수가 없었던 거죠. 이제 이들은 평생 해고 걱정 없이 지내게 되었습니다. 자기 이야기가 책으로 나온 덕분이죠. 지금까지는 백인 고용주와 흑인 가정부 둘만의 이야기였지만, 이 이야기가 책으로 나오는 순간, 이것은 대중의 시선 아래 놓이는 공공의 문제가 되었던 것이죠.

글을 써서 자신의 목소리를 내자 그것이 곧바로 '힘'이 되었습니다. 아는 것이 힘이라는 말이 있죠? 저는 이 말에 빗대어 말하고 싶습니다. 알리는 것이 힘이라고요. 말하는 것이 힘이고, 쓰는 것이 힘이라고요. 보이지 않던 존재를 보이게 만들고, 아무것도 아닌 존재를 의미 있는 존재로 만드는 것, 이것이 바로 글의 힘이며, 책의 힘입니다.

참으로 다행스럽게도 글쓰기는 비밀리에 전수되는 기술이 아니에요. 세상 누구든 깨우칠 수 있는 기술이죠. 널리 퍼져 있어서 배우기도 쉽고, 혼자서도 터득할 수 있습니다. 돈이 많이 드는 것도 아니에요. 종이와 펜만 있으면 가능합니다. 컴퓨터가 있다면 더욱 좋을 것이고요. 요즘은 누구나 가지고 있는 스마트폰으로도 가능합니다. 게다가 쉽고 돈이 안 든다고 해서 별 볼 일 없는 기술이 아니죠. 막강한 힘을 가지고 있어요. 이만큼 힘이 되는 기술이 또 어디 있을까요?

글쓰기에는 또 다른 힘이 있습니다. 스스로를 성장시키는 힘. 이제 또 다른 주인공 미니의 이야기를 해보겠습니다. 미니 역시 흑인이고 가정부예요. 요리 솜씨로는 동네 최고인데, 해고를 여러 차례 경험했습니다. 이유는 한 성질 하기 때문이죠. 고용주에게 말대답을 하다가 쫓겨나는 겁니다. 미니에게는 여러 명의 자녀가 있고, 술 주정뱅이 남편이 있습니다. 미니의 남편은 폭력을 휘둘러요. 술만 마시면 행패를 부리기 때문에 동생네 집으로, 아이빌린의 집으로, 여기저기 피신을 한 것도 여러 차례예요. 그래도 참고 살았어요. 남편을 떠나서 여자 혼자 살아가는 것이 엄두가 나지 않았기 때문이죠. 하지만 책을 쓰는 과정에서 스스로의 힘을 발견합니다. 백인 세상에 도전하는 일처럼 어려운 일도 해낸 자신이, 남편의 폭력이라는 부당한 굴레를 참고 견딜 이유가 없음을 깨닫게 된 것이죠. 미니는 남편을 떠날 수 있게 되었어요. 글쓰기의 힘입니다.

미스 스키터 역시 글쓰기를 통해 성장합니다. 책을 쓴 덕분에 뉴욕에 일자리를 얻게 됩니다. 그것도 성장이죠. 꿈에 한 발짝 다가설 수 있게 되었으니까요. 그러나 진짜 성장은 미스 스키터의 내면에서 일어나요. 미스 스키터는 편견과 보수성으로 가득 찬 주변 세계를 좋아하지 않았어요. 그런데도 억지로 그에 맞추어 살아보려고 계속 애를 썼어요. 친구가 부당한 행동을 해도 침묵했습니다. 관계를 어그러뜨리는 것이 두려웠으니까요.

> 이따금 따분하면, 이 책을 쓰지 않았다면 내 인생이 어떻게 달라졌을까 생각한다. 월요일에는 브리지를 했을 것이다. 내일 밤에는 연맹 모임에 가서 뉴스레터를 나눠줬을 것이다. 금요일 밤에는 스튜어트와 저녁을 먹으러 가서 늦은 시각까지 같이 있었을 것이고, 토요일에는 피로가 풀리지 않은 몸으로 테니스를 치러 일어났을 것이다. 피곤하고 평안하지만…… 갑갑했을 것이다.

하지만 미스 스키터는 글쓰기를 통해 진정한 가치를 깨닫게 됩니다. 평안하나 갑갑한 삶에서 벗어나 진실된 삶을 추구할 용기를 얻게 됩니다. 이제 새롭게 우정을 나눈 친구들—흑인 가정부들—의 격려와 지지 속에 뉴욕으로 출발합니다. 새로운 삶을 시작하는 거죠.

아이빌린도 성장합니다. 아이빌린은 해고를 당해요. 이제는 늙었고, 새롭게 무엇을 시작할 기운도 남지 않은 것 같은데 일자리도 잃었어요. 책을 썼기 때문이죠. 하지만 깨닫습니다. 자신이 계속 글을 쓰게 될 것이고, 글쓰기를 계속하는 한 자신에게는 새로운 가능성이 계속 펼쳐질 것이라는 것을. 미스 스키터를 통해 글을 쓰던 아이빌린은 이제 자신만의 힘으로 글쓰기를 해나갈 겁니다.

어쩌면 나는 계속 글을 써야 할 것이다. 신문에 싣는 글만이 아니라 뭔가 다른 것을, 내가 아는 모든 사람과 내가 겪은 모든 것에 대해. 어쩌면 무언가를 새로 시작하기에 내 나이는 그리 많은 나이가 아닐지도 모른다. 이 생각에 울음과 웃음이 동시에 터진다. 어젯밤만 해도 나는 내 인생에 새로운 것은 전혀 없을 거라고 생각했으니까.

생각하지 않는 것은 감옥에 갇힌 삶과 같다

『헬프』는 자기 목소리를 내지 못했던 힘없는 사람들이 자기 이야기를 책으로 만들어내는 이야기이면서 동시에 글쓰기를 통해 성장하는 사람들의 이야기입니다. 이 이야기를 통해 우리는 글쓰기의 힘을 깨닫게 되죠. 그리고 동시에 책 읽기의 힘에 대해서도 알게 됩니다.

자기 머릿속에 갇힌 채 자기 이야기를 읽으면서도 그 사실을 알아채지 못하는 미스 리폴트보다 내가 더 자유롭다. 그리고 미스 힐리보다도 더. 저 여자는 앞으로 평생 자기는 그 파이를 먹지 않았다고 사람들을 설득하면서 살아가야 할 것이다. 나는 감옥에 갇힌 율 메이를 생각한다. 미스 힐리 역시 자신의 감옥에, 그것도 무기징역으로 갇혀 살 것이다.

생각하지 않는다는 것은, 편견의 감옥에 갇혀 사는 거예요. 그것은 육신이 감옥에 갇힌 것보다도 더 비참한 삶이에요. 진실을 담은 책들은 우리로 하여금 그동안 당연하게 생각했던 것들을 의심해보도록 만듭니다. 우리가 표면적으로만 알고 있었던 것들의 내부를 추적해보도록 만들고, 상식이라고 믿어왔던 것들을 의심해보도록 만들어요. 모른 채 살아갈 수도 있었던 세상의 진실을 직면하게 만듭니다. 그래서 책 읽기는 마냥 행복하지만은 않아요. 때로는 눈물을 흘리며, 때로는 가슴을 쥐어짜며 페이지를 넘겨야 할 때도 있죠. 책이 들려주는 이야기에 진지하게 귀를 기울이는 일은 때로 고통스럽습니다.

하지만 그래도 책을 읽으라고 권하겠습니다. 책 읽기는 여러분의 세계를 한없이 확장시켜줍니다. 사고의 폭이 넓어지고 더 많은 것들을 이해할 수 있게 됩니다. 더욱 다양한 시선으로 여러분의 경험을 해석할 수 있도록 도와줍니다. 결국 이 모든 것은 여러분을 성장시켜줄 거예요. 갑갑했던 현재를 떨치고, 더 멋진 세상으로 여러분을 인도해줄 거예요. 책은 여러분 앞에 펼쳐질 길들을 꽃길로 바꿔주지는 못하겠지만, 장애물을 넘는 여러분을 혼자 두지는 않을 겁니다. 그 장애를 넘을 힘과 지혜와 용기를 줄 겁니다.

여기서 질문 하나. 왜 미스 힐리는 자기가 그 파이를 먹지 않았다고 주장해야 할까요? 그 파이가 어떤 파이이기에? 그건 책을 직접 읽으면서 알아내시기 바랍니다. 정말 요절복통할 만한 절묘한 사연이 깃든 파이 이야기가 등장하거든요. 다음 시간, 『총, 균, 쇠』로 다시 만나겠습니다. 감사합니다.

보이지 않는 사람들에 대한 이야기

『헬프』는 '보이지 않는 사람'들에 대한 이야기를 담고 있다. 보이지 않는 사람들이란 우리 사회의 약자들, 소수자들이라고 할 수 있겠다. 많은 작가들이 보이지 않는 사람들의 이야기를 담기 위해 노력했다. 그들의 이야기를 드러내는 것이야말로 진정으로 세상의 진실을 드러내는 일이라고 생각했기 때문일 것이다.

●

『이갈리아의 딸들』　게르드 브란튼베르그 지음, 히스테리아 옮김, 황금가지

1970년대에 출판된 소설인데 지금 읽어도 여전히 충격적이다. 남성성과 여성성이 완전히 뒤집힌 가상세계에서 벌어지는 이야기를 담고 있다. 이갈리아는 어떤 사회일까? 이갈리아에서는 여성은 움, 남성은 맨움으로 불린다. 남성은 얌전하고 수동적이며 집안일을 담당하고, 여성은 용감하고 적극적이며 정치, 경제 등 바깥일을 담당한다. 여성의 생리는 영광스럽고 축하받을 만한 일로 취급되며 생리를 하지 못하는 남성은 부족한 존재로 취급된다. 이쯤 소개하면 이 책이 어떤 내용을 담고 있는지 저절로 짐작이 될 것이다. 남성과 여성을 뒤집어 놓기만 했을 뿐인데, 이토록 충격적이라니! 그만큼 우리는 남성 중심적인 세상에서 살아가고 있는 것이다.

『꽃 달고 살아남기』 최영희 지음, 창비

'꽃 달았다'라는 말에서 주인공의 특징을 바로 눈치 챌 수 있는 그대는 매우 영특한 사람이다. 맞다. 정신질환, 그것도 어머니로부터 물려받은 정신질환을 안고 살아가는 주인공이 등장한다. 정신질환이 있는 사람이 등장하는 이야기들은 많지만 이처럼

따뜻하게, 이토록 자연스럽게 정신질환을 그려낸 이야기는 드물다. 어떤 이는 키가 작고, 어떤 이는 감기에 잘 걸리고, 어떤 이는 여드름 때문에 한숨 짓는다. 그리고 주인공 진아에게는 정신질환이 있다. 이런 맥락으로 정신질환을 이야기한다. 여기에 애니메이션 덕후인 물리 선생님과 엑스파일 마니아인 친구가 함께 어우러지면서 조금씩 모자란 이들의 믿음직한 연대를 그려냈다.

『숨은 노동 찾기』 최규화 외 지음, 오월의봄

'당신이 매일 만나는 노동자들 이야기'라는 부제가 붙어 있다. 맨날 재벌 후계자와 전문직 종사자들만 등장하는 드라마에 둘러싸여 살고 있는 우리에게는 노동자들도 보이지 않는 존재들이다. 그 가운데에서도 더 꼭꼭 숨어 있는 노동자들 10명을 찾아내 인터뷰한 것을 모은 책이다. 『헬프』도 미스 스키터가 흑인 가정부들을 인터뷰한 것을 정리한 책이라는 것을 기억하는가? 미스 스키터가 요즘 사람이었다면 이 책처럼 인터뷰 형식으로 책을 썼을지도 모르겠다. 학교급식 조리원, 알바 노동자, 장례지도사, 콜센터 상담원, 대리운전 노동자, 요양보호사, 톨게이트 수납원, 청소 노동자, 보조 출연자, 대형마트 노동자들이 주인공이다. 우리 곁에 늘 있으나 너무나 익숙해서 보이지 않았던 사람들의 이야기이다.

한 권으로 읽는
13,000년의
역사 여행

『총, 균, 쇠』

재레드 다이아몬드 지음, 김진준 옮김, 문학사상

752쪽에 담긴 흥미진진한 역사 이야기

재레드 다이아몬드. 좋은 이름이죠? 반짝반짝 빛날 것 같은 이름인데다가 한 번 들으면 절대로 잊어버릴 수 없는 이런 이름을 가지고 사는 것도 행복할 것 같아요. 이 사람의 프로필을 보니 생리학, 조류학, 진화생물학, 생물지리학을 공부하고 라틴어, 그리스어, 독일어, 프랑스어, 러시아어 등 수개 국어를 구사한대요. 정말 엄청나죠? 굉장히 똑똑한 사람이에요. 이 재레드 다이아몬드는 굉장히 훌륭한 저작을 많이 남겨서 그 이름값을 하고 있는 저자예요. 오늘 함께 읽어볼 『총, 균, 쇠』는 그 중에서도 백미라고 할 수 있죠.

사실 이 강의를 통해서 이 책의 모든 내용을 다 얘기하는 건 불가능해요. 책 두께를 봐요. 752쪽이에요. 그래서 이 책의 가장 기본적인 문제의식과 재레드 다이아몬드가 문제를 풀어나가기 위해 답을 찾는 과정이 어떤 것이었는지에 대해서 집중적으로 보여주면 좋겠다고 생각하면서 강의를 준비했어요.

이 책은 매우 두껍지만 선생님이 강력하게 읽으라고 권할 수 있는 건, 읽기가 정말 쉬워서예요. 얇은 책이라고 쉬운 게 아니에요. 두꺼운 책은 읽는 데 시간은 좀 걸리지만 그 사람이 하고 싶은 이야기를 충분히 다 적기 때문에, 사례가 굉장히 풍부하게 담겨 있어서 재밌어요. 현실의 세계를 연구한 연구서들은 생각보다 어렵지 않아요. 그리고 계속 말하지만 한 번 읽고 나면 나머지 책들은 아주 수월하게 읽을 수 있게 되죠. 선생님만 이 책을 추천하는 게 아니라 수많은 추천도서 목록에 당당히 자리를 차지하고 있어요. 서울대 도서관 대출도서 1위이기도 하고 서울대 입학생이 가장 많이 읽은 책의 목록에도 『총, 균, 쇠』가 들어가네요.

두꺼운 책 중에 하나를 더 권한다면? 칼 세이건의 『코스모스』입니다. 『총, 균, 쇠』가 인류 진화의 비밀을 밝히고 있다면 『코스모스』는 우주의 비밀을 밝히고 있죠. 두 가지 비밀을 안다면 세상 사는데 두려울 일이 없겠죠?

왜 유럽인들이 총, 균, 쇠를 갖게 되었을까?

재레드 다이아몬드가 이 책을 쓰게 된 계기가 맨 처음에 나와요. 이 사람의 뉴기니인 친구 얄리가 질문을 했어요. "당신네 백인들은 그렇게 많은 화물들을 배달시켜 뉴기니까지 가져왔는데 어째서 우리 흑인들은 그런 화물들을 만들지 못한 겁니까?" 얄리의 말대로 이상한 일이죠. 왜 뉴기니 사람들은 과거의 방식 그대로 살고 유럽, 아시아, 북아메리카에 사는 사람들은 그토록 다른 삶을 살까요?

> 2세기 전까지 모든 뉴기니인은 아직도 '석기 시대에 살고' 있었다. 다시 말해서 유럽에서는 이미 수천 년 전 금속기에 자리를 내어준 석기를 그들은 여전히 사용하고 있었으며, 마을에는 중앙 집권적 정치 체제조차 갖추어져 있지 않았다.
> 그러다가 백인들이 들어왔고, 그들은 중앙 집권적 정치 체제를 강요했으며 쇠 도끼, 성냥, 의약품에서 의복, 청량 음료, 우산에 이르기까지 뉴기니인들도 금방 그 가치를 알 수 있는 물건들을 잔뜩 들어왔다. 뉴기니에서는 그러한 물건들을 통틀어 '화물'이라고 부른다.

다이아몬드는 얄리의 질문에 대한 답을 찾고 싶었어요. 그래서 얄리의 질문을 구체화해서 이렇게 표현했어요. '인류 발전은 어째서 각 대륙에서 다른 속도로 진행되었을까?' 그렇죠, 속도가 엄청나게 다르죠. 지금 아시아에서는 수천 년 전에 일어났던 일이 뉴기니에서는 아직도 일어나고 있잖아요. 뉴기니 사람들은 수렵 채취 사회에서 살고 있단 말이에요, 여전히.

다이아몬드는 처음의 질문을 더 정교하게 만들어보았어요. '왜 아프리카인 또는 아메리카 원주민이 아니라 유럽인들이 총기, 가장 지독한 병원균, 그리고 쇠를 갖게 되었을까?'라는 질문으로. 여기서 우리는 책의 제목을 찾아낼 수 있습니다. 총, 균, 쇠. 여기서 총, 균, 쇠가 의미하는 건 뭘까요? 발달된 지역의 사람들이 보유하고 있는 것, 발달된 문명과 관련된 어떤 것이 총, 균, 쇠겠죠. 이 사람은 인류 문명을, 인류가 얼마나 발전했는가를 결정짓는 요소가 바로 총, 균, 쇠에 있다고 본 거예요. 더 간단하게 요약하면 총, 균, 쇠를 가진 민족과 대륙이 현재 앞서 나가는 대륙이 되어 있다는 거죠.

전염병의 비밀

수백 년 전으로 한번 거슬러 올라가볼게요. 유럽인들이 발을 들여놓기 전 아메리카에는 잉카 문명이 발달해 있었어요. 그런데 잉카 문명은 지금 남아 있지 않아요. 왜죠? 스페인 정복자들이 이 지역을 점령하면서 모조리 파괴됐죠. 콜럼버스가 신대륙을 발견한다고 이사벨라 여왕을 설득했고, 여왕에게 후원받아 배를 만들고 선원들을 모아서 여태까지와는 다른 방향으로, 지구 반대 방향으로 여행을 시작했어요. 이 사람은 지구가 둥글다는 걸 믿었기 때문에 배를 타고 쭉 가다 보면 인도에 도착할 거라고 믿었습니다. 그래서 아메리카 대륙에 닿았을 때 인도에 도착한 줄 알고 굉장히 기뻐했어요. 이

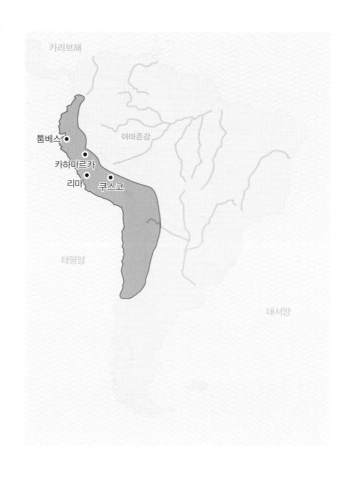

카리브해

아마존강

툼베스

카하마르카

리마 쿠스코

태평양

대서양

12~16세기 안데스 산맥을 중심으로 번영했던 잉카 제국.
1532년 스페인의 정복자 피사로에 의해 한순간에 멸망의 길을 걷는다.
피사로의 168명의 오합지졸 군사들은 잉카 제국의 8만 명 대군을 상대로
어떻게 승리할 수 있었을까?

대륙에 살고 있는 사람들을 인디언이라고 부르고, 그 일대의 섬들은 서인도 제도라고 부르고요. 제도는 아일랜즈islands, 섬들이 여러 개 있다는 거예요.

일단 항로가 개척되자 유럽인들이 앞다투어 아메리카 대륙으로 몰려들었죠. 처음부터 무지막지하게 내가 너희들을 지배하겠노라 한 건 아니었어요. 도착해서 잉카의 왕에게 성경책을 줬어요. 그랬더니 왕이 처음 보는 이상한 물건을 휙 던져버렸죠. 문자가 없던 지역이니 '책'이라는 것은 너무 낯선 물건이었던 거예요. 성경을 모독하고 주님의 뜻을 부인한 야만인이고 이단이니 처단해야 되겠다 해서 바로 전쟁을 시작했어요.

사실 잉카 제국에는 배를 타고 간 스페인 사람들보다 어마어마하게 많은 군인들이 있었습니다. 잉카 사람들은 필사적으로 침략에 대항했지만, 전쟁의 결과는 스페인의 압승이었죠. 아메리카 사람들은 말을 타지 않았는데, 유럽인들은 말을 탈 줄 알았어요. 아메리카 사람들에게는 총이 없었는데, 유럽인들은 총을 가지고 있었어요. 힘도 안 들이고 정복해버렸죠.

잉카 지역을 정복했다고 해서 유럽인들이 그 지역 사람들을 다 죽일 계획은 아니었어요. 사람들이 다 죽어버리면 정복자들도 손해가 커요. 일을 시킬 사람이 없으면 곤란하잖아요. 그런데 모든 통계는 유럽인들이 이 지역을 점령하고 나서 인구가 엄청나게 줄었다는 걸 보여줍니다. 도대체 어떤 일이 벌어진 걸까요?

그래요, 전염병 때문이었죠. 그렇다고 일부러 어디다 병균을 싸

가지고 와서 전염병을 퍼뜨리거나 물에다가 장티푸스균을 풀거나 이런 건 아니었어요. 그냥 유럽 사람들이 들어왔을 뿐인데, 유럽 사람들과 함께 병원균도 함께 들어온 거죠. 유럽인들 입장에서는 별것 아닌 병일지라도 토착민들 입장에서 보면 난생 처음 보는 이상한 병일 수 있어요. 토착민들은 유럽 병원균에 대해 면역이 전혀 없었거든요. 그러니까 사람들이 급속도로 죽어나간 거죠.

전염병이 얼마나 무서운지는 전에 페스트 얘기를 하면서도 했었죠? 오이디푸스가 올 때쯤 왕이 살해됐는데도 사람들이 대책을 못 세우고 있었던 이유가 테베에 전염병이 퍼졌기 때문이었잖아요. 근데 이상하죠? 아메리카 사람들이 유럽 전염병균에 면역이 없었다면 똑같은 원리로 유럽 사람들도 토착민들의 전염병에 대해 면역이 없었을 텐데, 왜 유럽인들은 무사했을까요?

 위생관념이 철저해서인가요?

아직 과학이 발달하지 않았던 시절이라 유럽 사람들에게도 위생관념이 전혀 없었어요. 이 시절만 해도 페스트 걸리면 교회 몰려가서 다 같이 기도하다가 전염병이 불같이 퍼져서 다 같이 죽는 시대였으니까요.

실은 당시 잉카에는 전염병이 없었다고 봐야 해요. 전염병이 없는 사회가 있다니, 그게 정말 가능할까 싶죠? 전염병이 어떻게 퍼져나가는가를 생각해봅시다. 인간에게 치명적인 전염병은 인간이 있어야만 전염되죠. 내가 나음이에게 감기를 옮기려면 나음이와 내가 가까이 있어야 하는 거예요. 바이러스가 번식을 하려면 다른 숙주를 찾아내야 되겠죠? 근데 다른 숙주가 천 리 밖에 있다면? 그러면 생존할 수가 없을 겁니다. 그러니까 그렇게 생겨난 병균들은 알아서 자멸했겠죠, 딱 한 사람만 죽이고. 그러니까 전염병이 될 수가 없는 거예요. 전염병이 된다는 건 그 균이 엄청나게 힘이 세졌다, 많이 퍼졌다는 얘긴데 많이 퍼지려면 사람이 가까이 있어야 되는 거예요. 그래서 사람이 모여서 정착생활을 하고 있는, 인구밀도가 높은 지역에만 전염병이 생겨납니다. 메르스가 유행하자 초등학교들이 휴교령을 내리고 학교에도 오지 못하게 했죠. 전염병은 환자를 격리하면 바로 사라져요.

전염병균이 다른 사람을 찾아 옮겨갈 수 있을 만큼 인구밀도가 높은 지역은 어디일까요? 농업지역이 인구밀도가 높아요. 게다가 농작물을 키우는 지역에서는 가축도 같이 키우잖아요. 가축에게 있다가 인간으로 온 변형된 전염병들도 상당히 많죠? 집에서 개 한 마리를 키울 때는 그 개가 전염병으로 죽지 않아요. 근데 소를 한꺼번에 키우는 목장이나 닭을 한꺼번에 키우는 양계장에선 엄청난 속도로 전염병이 퍼집니다. 구제역 생각해보면 확 와닿죠. 왜 그렇게 퍼져요? 모여 있으니까 퍼지죠. 아주 넓은 지역에서 그냥 한 마리 한 마리씩 따로 따로 살고 있다면 전염병이 생겨나지 않을 겁니다. 여러분들은 늑대가 전염병에 걸려서 몰살됐다는 말 들어본 적 있나요? 없죠. 그러니까 전염병은 농경사회에서, 발달한 인구 조밀 지역에서 발생하는 질병인 거예요. 농사를 지으면서 정착생활을 하고 모여 사는 인류에게 전염병은 숙명입니다.

내가 던지는 질문은 좋은 질문인가, 아닌가

어떤 문제에 대해 연구를 한다는 것은 스스로 질문을 던지고 그 질문에 대한 답을 찾아나가는 겁니다. 이때 제기된 질문이 좋은 질문이어야 연구도 좋은 연구가 될 수 있습니다. 인류를 발전시킬 수 있는 질문이 있고, 인류를 발전시킬 수 없는 질문이 있어요. 민주주의에 기여할 수 있는 질문이 있고, 민주주의를 해칠 수 있는 질문이 있어요. 모든 질문이 좋은 질문인 건 아니죠. 처음에 질문을 잘 던져야 되는 거예요.

그래서 다이아몬드는 자신의 질문이 좋은 질문인지 살펴보는 것에서 출발해요. 내가 이렇게 문명 발달의 대륙 간 차이를 연구하려고 하는데 이거 괜찮은 걸까? 예상되는 반론을 한번 적어본 거예요. 첫 번째, 어떤 민족이 다른 민족을 지배하게 된 과정을 설명하는 데 성공한다면 그것은 그 지배를 정당화하는 것처럼 보이지 않을까? 더 발달했으니까 지배하는 건 당연하지 뭐, 이렇게 보이지 않을까? 이걸 걱정했어요. 심리학자들은 살인자와 강간범의 처지를 이해하려고 애써요. 살인자와 강간범을 정당화하려고? 아니죠. 왜 그런 일이 생겼는지를 생각하면서 그걸 조금이라도 막아보려고 하는 거죠. 어떤 현상, 바람직하지 못한 현상, 원치 않는 현상에 대해서 연구를 한다고 해서 그걸 지지하거나 정당화하려는 건 아니다. 그러니 이 우려는 패스.

두 번째로 서구 유럽에 대한 미화, 현대 세계에서의 서유럽 및 유럽화된 아메리카의 우수성에 대한 망상, 이런 걸 유포하게 되는 건 아닐까? '어쨌든 그래, 유럽 잘났다' 이런 결론을 내리지 않을까? 하지만 이 우려도 걱정할 것이 없다는 결론을 내려요. 다이아몬드의 연구를 보면 결국 유럽은 단지 운이 좋았을 뿐이라는 것을 알게 됩니다. 그러니까 유럽인은 훨씬 더 우수한 민족도 아니고 그냥 운이 좋았을 뿐이라는 걸 증명하게 될 거다. 그러니 두 번째 문제도 패스.

세 번째, 문명이라는 단어를 사용하는 것이 혹시 은연중에 문명이란 더 좋고 수렵채취 부족사회는 비참한 것이니, 결국 지난 13,000년의 역사는 인류의 더 큰 행복을 향한 진보의 과정이었다는 식의 그릇된 인상을 주면 어떻게 하는가. 아니다, 나는 그냥 역사 속에 일어난 것을 사실 그대로 이해하려고 할 뿐이다라는 결론을 내리죠. 그래서 세 번째 우려도 패스.

제가 이 책을 권하는 이유는 정말 여러 가지이지만, 다이아몬드가 계속해서 이렇게 꼼꼼하게 논리를 펼치고 있다는 점 때문이기도 해요. 그냥 궁금한 게 생겼다고 바로 연구에 들어가는 게 아니라 '이걸 연구하게 됐을 때 사람들이 이런 문제를 던지겠지, 정말 그럴까?' 생각해보고 자신의 연구가 괜찮은 문제인지 검토했어요.

지능의 차이 이론

재레드 다이아몬드가 잘 생각해보니 이 문제를 제기한 게 자기가 처음은 아니었어요. 여러분들도 처음 들어보는 문제가 아니죠? 왜 이 지역은 발달했고 어떤 지역은 발달하지 않았는가. 왜 대륙마다 발전 속도가 다른가. 왜 이들은 아직 수렵채취인으로 살고 우리는 정보화 사회에 사는가. 이런 질문 안 던져본 학자가 어디 있겠어요. 그리고 답도 많이 내려져 있죠. 그 답으로 가장 많이 알려져 있는 것 중에 지능 차이라는 결론이 있어요. 옛날에는 이게 제일 설득력이 있었어요. 19세기 말에도 어떤 사람은 흑인의 지능은 원숭이에 가까울까 인간에 가까울까, 이런 걸 연구라고 한 사람들도 있었어요. 시대가 바뀌어서 이제는 감히 '지능이 높아서 우리가 여기를 지배하는 거야'라고는 말하지 않지만 민족성이 다르다는 둥 이해력이 다르다는 둥 탐구심이 결여되어 있다는 둥 돌려 말하면서 내심 우리가 잘났지 하는 생각을 하잖아요. 그런데 정말 뉴기니 사람들을 비롯한 수렵채취인들은 지능, 혹은 다른 어떤 능력이 부족한 걸까요?

서구인들이 어린 시절부터 훈련을 받고 잘 하는 일을, 학습받지 못한 뉴기니인들이 못하는 것은 당연하다. 그러므로 정식 교육을 받지 못한 뉴기니인이 어느 머나먼 촌락에서 도시로 옮겨왔을 때 서구인들의 눈에 비치는 그들의 모습은 멍청해 보일 수밖에 없다. 마찬가지로 뉴기니인들과 함께 정글 속으로 들어갈 때마다 나는 정글 속의 길을 따라가거나 잠자리를 만드는 것과 같은 간단한 일조차 제대로 해내지 못하는 나 자신이 그들에게 얼마나 멍청해 보이는지를 끊임없이 의식하게 된다. 뉴기니인들은 어린 시절부터 그런 훈련을 받아왔지만 나는 그러지 못했기 때문이다.

생활 경험이 다르기 때문에 각자 잘하는 게 다르다는 겁니다. 뉴기니인들이 도시에서 무능하듯이 우리는 정글에서 무능하죠. 다이아몬드는 "생활 경험이 다른 것뿐이다"라고 말하고 있어요. 저는 이 구절을 읽으면서 저희 할머니가 생각났어요. 할머니가 엄청 똑똑한 여자였어요. 대한제국 시절에 태어나 2000년에 돌아가셨어요. 엄청난 기억력을 가지고 있는데다가 계산도 능숙하고, 천자문부터 동몽선습 뭐 이런 걸 다 공부했다는 자부심도 넘쳤죠. 옛날에 남장을 하고 서당에 다니셨다는 전설 같은 이야기가 있었어요. 그리고 부잣집으로 시집을 갔는데 남편이 놀음하고 뭐 이러면서 그 많던 가산 다 날리자 이번에는 바느질을 해서 자식들을 다 키울 만큼 유능한 여자였어요. 그랬는데 할머니가 아파트로 이사를 가게 됐어요. 그때부터 우리 할머니가 갑자기 할머니가 됐어요. 이유가 허망해요. 엘리베이터 타는 법을 끝내 익히지 못해서 혼자서 외출을 하실 수 없게 된 거예요. 이렇게 간단하게 조작할 수 있는 걸 왜 못 할까 싶은데 엘리베이터가 주는 공포감이 너무 커서 할머니는 그 쇠로 된 상자에 자발적으로 갇히는 일을 할 수가 없었어요. 그래서 돌아가실 때까지 엘리베이터 타는 법을 못 배우셨어요. 그때 이미 80이 넘으

셨지만, 정신적으로는 전혀 노인이 아니었는데, 아파트에 갇히고 나서 갑자기 노인이 되셨죠.

 계속 도시에서 사셨어요?

시골에서 도시로 이사 와서 생긴 문제가 아니었어요. 할머니는 원래 서울에서 사셨는데, 그 서울이 너무 빨리 바뀐 거예요. 그 지역이 점점 바뀌면서 아파트 단지가 된 거예요. 우리 할머니는 무능한 사람이 아니에요. 요리라면 따라올 사람이 없고 바느질로 자식들 일곱을 키울 만큼 유능했던 사람이지만, 엘리베이터를 못 타서 외출을 못 하게 되신 거예요. 그렇다고 바보 같다고 말할 수 없어요. 지능이 떨어지는 게 아니라 삶의 과정이 다른 거죠.

여러분들도 어떤 사람이 뭘 못하거든 이렇게 생각하세요. 이 사람은 이 분야에 경험이 없구나. 집에서 늘 클래식 음악을 듣는 아이들은 클래식 음악 중 한 곡이 흘러나오면 어떤 곡인지 알 수 있을 테지만, 우리 집은 한 번도 클래식 음악을 틀어놓은 적이 없다면 모르는 게 당연한 거 아닐까요? 그렇다고 내가 특별히 남들보다 더 능력이 떨어지는 게 아니잖아요. 청소년들은 아이돌을 잘 알지만 제 눈에는 다 똑같아 보여요. 저는 엑소랑 비스트도 구별하지 못해요. 그렇다고 제가 사람을 원래 구별 못하는 사람은 아니거든요.

이제 다이아몬드는 한 걸음 더 나아갑니다.

그들이 평균적인 유럽인이나 미국인보다 지능도 높고, 빈틈없고, 표현력도 풍부하고, 주변의 사물이나 사람들에게 더 많은 관심을 갖는다고 느꼈다. 합리적으로 생각했을 때 흔히 두뇌의 기능을 나타낸다고 판단되는 일, 이를테면 낯선 곳에 가서도 그곳의 전체 모습을 금방 파악하는 능력 등에서 그들은 서구인들보다 상당히 능숙해 보인다.

뉴기니인들이 더 똑똑한 거 같기도 하다는 겁니다. 그 이유를 두 가지 댔어요. 첫 번째, 전통적 뉴기니 사회는 위험한 사회예요. 환경이 아주 가혹해요. 지능이 낮으면 살아남을 수가 없어요. 미련스러우면 바로 죽는 거예요. 피다한 부족에서도 기억나죠? 칼을 다루건 불을 다루건 내버려뒀죠. '그걸 분별할 능력이 없다면 그 아이는 어차피 부모가 말려도 살아남을 수 없다'라는 냉혹한 정글의 법칙이 존재하는 겁니다. 여기도 마찬가지예요. 그러니까 당연히 똑똑하지 못하면 죽어요. 함정에 빠져서 죽고 판단을 잘못해서 죽고. 그에 비하면 문명사회는 안전합니다. 여러분들은 크면서 내가 살아남을지 못 살아남을지 모르겠어, 그런 생각 안 해보잖아요. 그러니까 훨씬 더 안전한 환경이란 말이에요. 게다가 사망 원인을 봅시다. 서구인의 사망 원인 중 가장 대표적인 것은 전염병이에요. 전염병을 이기는 것은 지능과 관계가 없어요. 거의 운이거나, 그 사람의 타고난 체질과 관련이 있겠죠. 게다가 이제는 치명적인 전염병도 별로 없어요. 서구사회는 굉장히 안전한 사회예요. 그에 비해 뉴기니에서는 생명을 위협하는 게 많습니다. 살인, 만성적인 부족 간의 전쟁, 사고, 굶주림. 여기서 살아남으려면 굉장히 똑똑하고 유능해야 된다는 거죠.

두 번째, 전통적인 뉴기니의 어린이들에게는 수동적 오락을 즐길 기회가 사실상 없다는 것. 능동적인 일을 하면서 대부분의 시간을 보내는데, 서구 어린이들은 텔레비전, 스마트폰, 영화 등을 수동적으로 즐기면서 시간을 보내죠. 그냥 주는 걸 수용하기만 하는 쪽이 지능이 발달하겠어요, 적극적으로 시간을 보내는 게 지능이 발달하겠어요? "어쩌면 측정방식이 달라서 그렇지 뉴기니인들이 너희보다 훨씬 똑똑할지도 몰라"라는 게 다이아몬드의 주장이에요.

> 현대 유럽과 미국의 어린이들은 텔레비전, 라디오, 영화 등을 수동적으로 즐기면서 많은 시간을 보낸다. 미국 가정의 평균 텔레비전 시청 시간은 하루 7시간 정도이다. 반면에 전통적인 뉴기니 어린이들에게는 그와 같은 수동적 오락을 즐길 기회가 사실상 전무하며 그 대신 그들은 다른 어린이들이나 어른들과 대화를 나누거나 함께 노는 등 어떤 능동적인 일을 하면서 깨어있는 시간의 거의 대부분을 보낸다.

7시간이나 텔레비전을 본다니까 깜짝 놀랐죠? 우리 집에서 그냥 텔레비전이 틀어져 있는 시간이 몇 시간 정도 될까?

 엄마 혼자 있을 때 계속이요. 흐흐.
 혼자 있으면 그냥 습관적으로 텔레비전을 켜요.

요즘은 텔레비전이 문제가 아니죠? 여러분들은 스마트폰 몇 시간쯤 해요?

 7시간 넘을 수도 있겠는데요.

 주말에는 12시간도 하죠.

 14시간? 진짜 자는 시간 빼고 다요.

 화장실 갈 때도 갖고 가잖아.

 그리고 수업 끝나고 뭐 있나 확인하고.

"선생님, 저 화장실 좀 갔다 올게요" 그러고서 스마트폰을 들고 가요. "화장실 가는데 그게 왜 필요하니?"라고 물어보면 "아…" 그러죠. 스마트폰은 그냥 신체의 일부가 되었어요. 그러다 보면 지능이 떨어지게 된다는 겁니다. 두뇌가 능동적인 작용을 못 하면서. 그거보다는 친구들과 대화를 나누고 직접 뭔가 신체를 움직이면서 경험을 구하는 편이 좋다는 거예요.

기후의 차이 이론

그다음에 기후 차이를 봅시다. 여러분들 혹시 그런 말 들어봤어요? 왜 아프리카는 문명이 발달하지 않았을까? 일 년 열두 달 덥고 먹을 게 풍부하니까 사람들이 게을러져서. 왜 유럽이나 아시아는 발달했을까? 사계절이 있고 겨울을 나니까. 어때요? 겨울을 이겨내기 위해서 어려운 자연 조건과 맞서 싸우느라고 인간이 더욱 더 창조적이고 도전적이고 지혜롭게 되어서 문명이 여기서 발달했다. 이것도 굉장히 많이 알려져 있는 이론이에요. 그런데 이거보다 더 가혹해지면 이 지역엔 아예 문명이 없죠. 사람이 못 사니까.

그런데 다이아몬드는 딱 잘라서 말하고 있어요. 유럽의 여러 민족들은 유라시아 문명에 중요한 공헌을 한 것이 아무것도 없다고. 게다가 아메리카에서 유일하게 문자를 고안한 원주민 사회는 북회귀선 이남에 위치한다는 것이죠. 북회귀선 이남이면 적도와 아주 가까운 지역입니다. 무지하게 더운 지역이에요. 다이아몬드는 말하죠. 한랭한 지역에 살아도 아무나 그렇게 발달하는 게 아니라고요. 유럽은 그런 데 살았어도 문명에 아무것도 기여한 적이 없다고. 잘 생각해봐요. 유럽에서 제일 먼저 발명된 건 없었어요. 산업혁명쯤 되어서야 유럽이 인류 역사의 전면에 등장하죠.

지능의 차이도 아니고 기후의 차이도 아니라면, 무엇이 이런 결과를 가져왔을까? "각 민족의 생물학적 차이가 아니라, 환경적 차이 때문에 그렇다"라는 것이 재레드 다이아몬드의 주장입니다. 기후는 환경의 일부일 뿐 기후만으로 설명할 수는 없다는 거죠.

이 환경적 차이에서 제일 중요한 것은 식량 생산을 언제 시작했는가 하는 문제예요. 수렵채취가 아니라 농경을 시작한 것이 가장 중요한 관건이었다는 겁니다. 수렵채취사회인 채로 거대 문명을 만들어낸 곳은 한 군데도 없어요. 다 농경을 기초로 하고 있습니다.

왜 그러냐 하면 농경사회가 되어야 문자도 만들어지고 기술도 만들어지고 중앙집권적 정치체제도 만들어지고 병원균도 생겨나고. 식량을 생산하면 수렵채취사회보다는 생산력이 높아지니까, 더 많은 사람들을 먹여 살릴 수 있고, 인구밀도도 높아지게 되는 거죠. 그 지역에 정착해서 살 수 있게 되고 비생산자를 부양할 수 있게 됩니다. 이게 중요한 포인트예요. 비생산자를 부양할 수 있게 된다는 것. 수렵채취사회에는 어린애건 노인이건 다 일해야 돼요. 피다한 사회도 그랬죠? 아이든 노인이든 다 일하죠? 모두가 다 일해야 먹고 사는 거예요. 근데 지금 우리 사회에는 여러분들처럼 비생산계급이 존재해요. 그래도 괜찮잖아요. 아버지 혼자 일해서 네 식구를 먹여 살릴 수 있어요. 수렵채취사회와 비교하면 엄청나게 '너끈히'. 여러분들이 배가 고프지 않잖아요.

이제 한두 사람이 농사 지으면 한 열 명은 먹고 살 수 있게 됐어요. 그럼 비생산자 계급이 생겨나잖아요. 이때 비생산자는 누굴까요?

관리층?
왕이요.

한 명이 일하면 딱 한 명만 먹고 살 수 있는 사회에서는 지배계급이 나올 수가 없어요. 100명이 사는 마을에 왕이 생긴다는 건 100명이 일하면 한 명은 그냥 먹여살릴 수 있다는 의미예요. 다양한 직업군이 생겨나겠죠? 기술자들처럼. 간간이 생각날 때마다 좋은 아이디어를 내는 사람과 직업적으로 아이디어를 만들어내는 사람들 사이에는 굉장히 차이가 생겨나겠죠? 농사짓다가 가서 낫을 만들지 않고 원래 낫 만드는 사람이 있다면 훨씬 더 성능 좋은 낫을 만들겠죠. 과학기술이 발전할 수 있는 토대가 된 거죠. 또 있어요. 옛날에는 다 글자를 알았던 게 아니었어요. 이집트 문명 이야기할 때 글자를 적는 사람, 필경사도 굉장히 중요한 직업이었어요. 이처럼 문자가 생겨날 수 있었던 거예요. 다 농사 덕분인 거죠. 당연히 사회는 복잡해지고 정치권력이 생겨나고 토지소유를 둘러싸고 사회가 경쟁을 벌이면서 이렇게 사회가 더 복잡해지고 규모는 커지겠죠.

왜 하필 유라시아 대륙이었을까?

다른 대륙에는 식량화할 수 있는, 농사지을 수 있는 작물 자체가 별로 없었어요. 애초에 쌀이나 밀이 있어야 쌀농사, 밀농사를 지을 수 있죠. 근데 아메리카 지역엔 그런 게 아예 없었다는 겁니다.

그러면 다른 걸 키우면 되지 않을까요? 밀하고 쌀 말고 다른 걸 키우면 되잖아요. 여기도 식물이 많을 거 아니야. 아프리카에 식물이 얼마나 많아요. 그러나 아무 거나 농사를 지을 수는 없어요.

세계적으로 주요 농작물이 그렇게 소수에 불과하고 그 모두가 수천 년 전에 이미 작물화되었다는 점을 감안한다면 세계의 많은 지역에 탁월한 가능성을 가진 토종 야생 식물이 전혀 없었다는 것도 그리 놀라운 일은 아니다. 현대에 와서도 새로 작물화된 주요 식량 식물은 단 하나도 없다는 사실만 보아도 유용한 야생 식물은 이미 고대인들이 거의 빠짐없이 살펴보았고 그 중에서 그럴 만한 가치가 있는 것들은 모조리 작물화했다는 것을 짐작할 수 있다.

농사를 지을 수 있는 식물이 되려면 종을 개량할 수 있어야 돼요. 그냥 들판에 있는 것 거두는 것보다 내가 키우는 게 더 많아야 하잖아요. 그러니까 열매를 맺는 과정이 너무 복잡하거나 오래 걸리면 안 돼요. 키워봤더니 10년 만에 열매를 맺으면 안 되겠죠? 10년 동안 기다리다가 굶어죽겠죠? 도토리는 산에 널렸잖아요. 다람쥐들의 주 식량이기도 하고 인간도 그거 충분히 먹고 살 수 있어요. 그런데 그건 왜 작물화되지 않았을까?

 나무가 자라서 열매로 자라는 데 시간이 걸려서?

그래요. 그 세월을 어떻게 기다려요. 그러니까 이건 작물화되지 않았어요.

가축도 한번 생각해볼까요? 가축이라는 건 인간이 길들여서 인간이 키우는 것들이죠. 어떤 게 있을까요? 소, 돼지, 말, 양, 염소, 닭, 개, 토끼, 오리. 다 유라시아 대륙에만 있었던 동물들이죠. 그렇다면 왜 아메리카 사람들은 말을 타지 않았을까? 아메리카 대륙에는 말이 없었어요. 말이 있어야 말을 길들여서 타지. 그런데 서부영화 보면 깃털을 꽂은 인디언 전사가 말을 타고 달리던데? 게임에도 그 장면 많이 나오잖아요. 어떻게 된 걸까요? 인디언들이 처음부터 말을 탔던 게 아니라 유럽인들이 말을 타는 것을 보고 할 수 있게된 거예요. 물론 그 말들도 유럽인들이 들여온 것이죠. 그렇다면 지금 얘기한 소, 말, 돼지, 닭, 이런 것만 가축화해야 되나요?

 다른 건 실용성이 없을 것 같아요.
 오히려 잡아먹힐 거고.

그렇지. 사자를 가축화하겠어요? 악어? 가둬 키운다고 다 가축이 되는 게 아니에요. 길들여지지 않아요. 코끼리도 길들여서 쓰긴하지만 코끼리를 다시 재생산하거나 번식시키는 거는 안 돼요. 여전히 코끼리는 잡아와서 길들여야 되는 거예요. 길들여지지 않는 동물들이 이 세상에 훨씬 많다는 거죠. 먼저 농사를 짓게 되고 먼저 가축을 키울 수 있으면서 식량 생산에 앞서가려면 다른 거 없어요. 내가 살고 있는 데에 그렇게 될 만한 식물과 동물들이 있어야 된다는 겁니다.

그런데 작물화와 가축화에는 '안나 카레니나의 법칙'이 작용합니다. 안나 카레니나의 법칙은 뭘까? 톨스토이의 『안나 카레니나』, 그 길고 긴 소설의 첫 문장은 이렇게 시작돼요. "모든 행복한 가정은 다 고만고만하지만 불행한 가정은 다 각자의 이유로 불행하다." 안나 카레니나의 법칙이라는 건, 가축화, 작물화될 수 있었던 생물들은 다 고만고만한 비슷한 이유를 가지고 있지만, 그 중에 한 가지라도 안 맞으면 작물화, 가축화될 수가 없다는 이야기입니다. 키우기 손 쉬워도 영양가가 떨어지면 안 되고, 키우는 데 너무 시간이 오래 걸려도 안 되고 등등 한 가지만 충족하지 못해도 안 되기 때문에 의외로 가축화되고 작물화될 수 있는 생물이 이 세상에 그렇게 많지 않다는 거죠.

> 첫째, 유라시아는 그 넓은 면적과 생태학적 다양성에 걸맞게 처음부터 후보종 수가 가장 많았다. 둘째, 오스트레일리아와 남북아메리카는 홍적세 말기에 닥친 엄청난 멸종의 파도 속에서 대부분의 후보종을 잃고 말았지만 유라시아와 아프리카는 그렇지 않았다. 아마도 앞의 두 대륙에서는 그 포유류들이 인류의 진화사에서 상당히 늦은 시기, 즉 우리의 사냥 기술이 이미 고도로 발달했을 때에 갑작스럽게 인간들 앞에 노출되었기 때문일 것이다. (중략) 아프리카의 대형 군거 포유류처럼 결코 가축화되지 못한 후보종들을 잘 살펴보면 각각의 후보종이 실격하게 된 구체적인 이유들이 드러난다.

그런데 우리 지역에 소가 없어도 옆의 동네에 소가 있으면 소를 데리고 와서 번져 나갈 거 아니에요. 그게 문명의 법칙이니까. 예를 들어서 옆 동네에서 밀농사를 시작했는데 괜찮아, 잘 먹고 살아. 그럼 나도 가져와서 하면 되잖아요. 그렇지만 적도 지역에서 성공한 걸 북위 30도 지역에서 성공시킬 수 있을까요? 곤란하겠죠? 기후가 다르니까. 그럼 비슷한 위도의 동쪽 지역에서 성공시킨 걸 서쪽 지역에선 성공시킬 수 있을까요? 이건 될 거 같죠? 디테일하게는 차이가 나지만 기후가 좀 비슷할 거 같아요. 그러니까 문명은 남북보다는 동서로 번져간다고 볼 수 있겠죠.

아메리카 대륙은 남북축이에요. 아프리카 대륙도 남북축이에요. 그런데 유라시아 대륙은 동서축이죠. 대륙의 축이 동서 방향이란 건 엄청나게 중요했어요. 왜 수많은 대륙 가운데 중국의 발달한 문명을 유럽이 제일 먼저 받아들일 수 있었겠어요? 동서축에 있었기에 중국에서 되는 건 유럽에서도 됐던 거예요.

그다음에 대륙 간의 관계에서 볼 때 아시아와 유럽은 바다도 없이 바로 직통으로 연결돼요. 그런데 뉴기니 사람들은 어디서 문명을 받아들이겠어요. 일단 인구밀도가 높아지고 인구 규모가 커지면 그 자체로 계속해서 발달할 수 있는 길이 열리게 되는 거죠. 그러면서 유라시아 대륙이 앞서가고 나머지 대륙은 늦어진 거죠.

왜 중국이 아닌 유럽일까?

이렇게 해서 유라시아에서 먼저 시작될 수밖에 없었던 여러 가지 필연적 이유들은 알게 되었지만 재레드 다이아몬드는 여기서 끝

대륙 축의 방향과 인류의 역사.
농작물, 가축, 문자, 문명의 발명품 등의 전파는 이 축의 방향이
결정적인 영향을 미쳤다. 이러한 지리적 특성으로 인해 아메리카 원주민, 아프리카인,
유라시아인은 전혀 다른 경험을 하게 된다.

을 내지 않고 또 물어봅니다. 그런데 왜 그 중 하필 중국이 아니라 유럽이 세계의 패권을 쥐게 되었을까? 한마디로 유럽의 만성적 분열 과 중국의 만성적 통일 때문이라고 합니다. 유럽은 계속해서 분열되어 있고, 지금도 역시 분열되어 있죠. 중국은 계속 통일되어 있었어요. 막강한 권력을 가지고. 관료제도는 중국에서 시작됐고, 그 어마어마한 중앙집권화, 황제의 명령에 따라서 전국에 일사분란하게 퍼지는 체제였습니다. 도량형도 통일했고요. 최근에 통일한 것도 아니에요. 이미 진시황 통치기간 때 통일했어요. 수도로 연결되는 도로가 다 놓여 있었죠. 그런데 유럽은 계속 또 다른 나라 생기고, 또 다른 나라 생기고, 심지어 중세 유럽에선 어땠냐 하면 한 나라도 통일되어 있지 않았죠. 봉건제로 쪼개져 있으면서 그냥 이름만 국가지 진짜 국가가 아니고 마을, 마을로 쪼개져 있었던 겁니다. 만성적 분열, 만성적 통일. '그러면 통일된 중국이 더 앞서가야 될 거 아니야?'라고 생각이 드는데, 실제로는 유럽이 앞서가게 된 이유는 뭘까요?

우리는 중국 보물선 선단의 종말을 통하여 하나의 단서를 얻을 수 있다. 1405년부터 1443년에 7차례의 선단이 중국을 떠나 항해했는데, 그러다가 세계 어느 곳에서도 일어날 수 있는, 전형적인 정치적 착오에 부딪혀 중단되고 말았다. 중국 조정의 두 파벌, 환관과 그 반대파 사이에 권력 투쟁이 일어났던 것이다. 환관들은 선단을 파견하고 지휘하는 일에 동조하는 쪽이었다. 그래서 반대파는 권력 투쟁에서 승리하자 곧 선단 파견을 중단시켰고 결국에는 조선소마저 해체하고 해양항해를 금지했다. 1880년대 런던 시 당국이 공공 전기 조명을 억압했던 일, 제1차 세계대전과 제2차 세계대전 사이의 기간 동안 미국이 고립주의를 고집했던 일, 그 밖에도 많은 나라와 정치적인 문제 때문에 뒷걸음질 쳤던 일들을 떠올리게 된다. 그러나 중국의 경우엔 한 가지 다른 점이 있다. 그것은 바로 중국 전역이 정치적으로 통일되어 있었다는 사실이다. 한번은 결정이 내려지자 중국 전역에서 선단 파견이 중단되었고 일시적이었던 그 결정은 돌이킬 수 없는 것이 되고 말았다. 다시 배를 만들어 그 일시적 결정의 어리석음을 입증하고 또 새로운 조선소를 건설하려고 해도 본보기로 삼을 수 있는 조선소가 한 곳도 남아있지 않았기 때문이다.

여러분들도 이미 알고 있다시피 정화의 선단은 유럽인들보다도 훨씬 더 먼저 아메리카에 도착할 수 있었어요. 그래서 이미 중국이 먼저 했고 해양 기술에서도 중국을 따라갈 나라가 없었어요. 그런데 "이제 항해를 금지한다, 모든 배를 폐기하고 지도를 없애라"라는 명령이 떨어지자 강력한 중앙집권체제인 중국은 일사불란하게 그 모든 노하우들을 다 폐기하죠. 아무도 몰래 숨겨놓고 뭘 할 생각을 하지도 못하는 거죠.

그런데 유럽에서 누가 그런 명령을 내렸어도 이게 안 먹혀요. 콜럼버스는 스페인 사람이 아니라 이탈리아 사람입니다. 그런데 이탈리아에서 후원자를 못 구했어요. 왕실마다 쫓아다니면서 후원을 구하고 다녔어요. 이탈리아에서 안 된다고 하고 프랑스에서 안 된다고 했지만, 스페인은 된다고 그랬던 거죠. 분열 덕분에 다양한 가능성을 수용할 수 있게 된 거예요. 중국에선 그런 일이 발생할 수가 없었다는 겁니다. 너무 강력한 중앙집권체제는 오히려 역사의 발전에 해가 될 수도 있는 거죠. 어때요, 그럴듯하죠? 그런데 여기서 또 궁금해지지 않아요? 왜 중국은 통일되고 유럽은 분열됐을까요? 이유가 궁금하다면『총, 균, 쇠』를 직접 읽어보시길 바랍니다. 꼬리에 꼬리를 무는 질문을 흥미롭게 따라가다 보면 역사를 보는 새로운 안목이 생겨날 거예요.

이것으로 강의를 마치려 합니다.『오이디푸스 왕』으로부터 시작해서『총, 균, 쇠』에 이르는 긴 여정에 함께 해준 여러분들 모두에게 갈채를 보냅니다. 부디 책이 주는 유혹에 기꺼이 빠져드시기를. 부디 책 읽는 기쁨으로 그대들의 삶이 충만해지기를.

감사합니다.

퓰리처상을 아시나요?

사실 퓰리처는 괜찮은 사람은 아니다. 성공한 언론인이면서 사업가, 정치가로서 이름을 날렸지만, 언론 권력을 이용하여 정치 권력과 손을 잡기도 했으며, 신문의 보급가를 올려 신문팔이 소년들의 생계를 위협하면서까지 이윤을 챙기고자 했던 악덕 기업주이기도 했다.(이 이야기는 뮤지컬 〈뉴시즈〉, 영화 〈뉴스보이〉에 잘 나와 있다.) 하지만 그가 남긴 유산으로 만들어진 퓰리처상은 꽤 괜찮은 역할을 하기도 했다. 퓰리처상에 따라오는 명성과 상금 덕분에 많은 재능 있는 작가들이 빛을 볼 수 있었으니까. 단, 언론 분야에서는 미국 신문사에서 활동하고 있는 사람이어야 하고, 문학과 드라마, 음악 분야는 반드시 미국 시민이어야 한다는 조건이 붙어 있으니 장래희망으로 노벨상 수상 대신 퓰리처상 수상을 적는 실수는 범하지 말기를. 다음은 재미를 100퍼센트 보장하는 퓰리처상 수상 소설들이다.

●

『대지』 펄 벅 지음, 안정효 옮김, 문예출판사

미국인이지만 선교사인 부모를 따라 10년 이상 중국에서 살았던 작가는 중국을 배경으로 한 소설을 여러 편 썼다. 『대지』는 맨주먹으로 출발하여 대지주가 되는 왕룽 일가의 일대기를 다룬 소설인데, 이 소설로 펄 벅은 노벨 문학상과 퓰리처상을 받았다. 마치 『태백산맥』이나 『토지』 같은 대하소설처럼, 굽이굽이 이야기가 펼쳐지는 이 소설은 우리 정서에 잘 맞는다. 제대로 된 장편소설에 도전했다가 번번이 실패했다면 이 책에 도전해보기를 권한다. 이번에는 성공할 것이다.

●

『앵무새 죽이기』 하퍼 리 지음, 김욱동 옮김, 열린책들

인종차별이 극심했던 1930년대 미국 남부를 배경으로 한 소설이다. 백인 여자 어린이 스카웃은 아버지가 흑인의 변호를 맡으면서 혼란에 빠진다. 흑인을 옹호한다는 이유로 마을 사람들로부터 배척받으면서도 자신이 맡은 일을 묵묵히 해나가는 핀치 변호사의 이야기를 따라가다 보면 진짜 영웅은 슈퍼맨이나 배트맨처럼 초인간적 능력으로 지구를 구하는 사람이 아니라 자신의 신념에 따라 양심적으로 행동하는 사람이라는 것을 깨닫게 된다. 어린이의 시선으로 이야기를 전개하기 때문에 긴 분량에도 불구하고 술술 넘어간다.

●

『바람과 함께 사라지다』 마거릿 미첼 지음, 안정효 옮김, 열린책들

영화를 보거나 책을 읽지 않았어도 모두들 아는 이야기일 것이 분명한 『바람과 함께 사라지다』도 퓰리처상 수상작이다. 마거릿 미첼은 이 소설에서 스칼렛 오하라와 레트 버틀러라는 멋진 캐릭터를 창조한다. 거짓말도 잘하고 허영덩어리이고 속물적이지만, 뜨겁고 직선적인 여자, 스칼렛 오하라. 권모술수에 능하고 법을 어기는 것에 거리낌이 없지만, 사랑 앞에서는 한없이 약하고 의외로 정의감도 갖추고 있는 남자, 레트 버틀러. 이전에는 존재하지 않았던 입체적이고 매력적인 두 인물을 탄생시킨 것만으로도 훌륭한데, 스토리마저도 나무랄 데 없이 재미있으니, 내가 마거릿 미첼에 대해 불만스러운 점은 딱 하나뿐이다. 왜 이 책 말고 다른 책을 더 쓰지 않았냐는 것.

감사의 글

이 책은 독산고등학교 학생들과 함께 했던 〈독서 유발 인문학 강독회〉의 내용을 정리한 것입니다. 책 이야기를 하는 자리에 학생들이 과연 얼마나 와줄까, 불안한 마음으로 강좌를 공지했던 일이 생각나네요. 고맙게도 많은 학생들이 방학이나 방과 후의 금쪽같은 시간을 쪼개 참여해주었습니다. 중간에 포기하지 않고 끝까지 참여해준 학생들의 이름을 따로 적어 고마운 마음을 전하고자 합니다. 그리고 고3임에도 불구하고 대학수학능력시험 바로 전 주까지 진행되었던 이 강좌에 끝까지 함께 해주었던 정송목과 최은지에게 특별한 감사의 마음을 전합니다.

〈독서 유발 인문학 강독회〉에 함께 한 친구들

강예은, 김나음, 김소미, 김수연, 김영현, 김지현, 김희우, 나지선, 남은지, 문정현, 문혜빈, 서아림, 서운용, 윤샛별, 이소연, 이재정, 정송목, 조인희, 주혜정, 최민지, 최성민, 최수빈, 최은지, 한우영, 한지수, 홍승원

이렇게 재미있는 책이라면

ⓒ박현희

1판 1쇄   2016년 12월 12일
1판 4쇄   2018년 10월 25일

지은이   박현희
펴낸이   김정순
책임편집   오세은
디자인   이혜령
마케팅   김보미 임정진 전선경

펴낸곳   ㈜북하우스 퍼블리셔스
출판 등록   1997년 9월 23일 제406-2003-055호
주소   04043 서울특별시 마포구 양화로 12길 16-9 북앤빌딩
전자우편   editor@bookhouse.co.kr
홈페이지   www.bookhouse.co.kr
전화번호   02-3144-3123
팩스   02-3144-3121

ISBN 978-89-5605-793-4 03800

이 도서의 국립중앙도서관 출판예정도서목록(CIP)은 서지정보유통지원시스템 홈페이지(http://seoji.nl.go.kr)와
국가자료공동목록시스템(http://www.nl.go.kr/kolisnet)에서 이용하실 수 있습니다.
(CIP제어번호: CIP2016027897)